雑詠日記

秋水泡語

谷川 修

海鳥社

序

「一年ばかり日記を中断していたが、一九八八年元旦を期して再開した。今年からは雑然とだが様々のことを多く記すように心がけている。永井荷風の日記に習って俳句のまねごとをしているうち、短歌なども出来てきたので、折々ふと浮かんだ詩情や心をよぎった言葉を拾い集めてみた。季語を知らぬ者が句を発し、歌論を読まぬ者が五七の言葉を連ね、韻の分からぬ者が漢字を並べるのである。それは、日常の生活に押し流されることへのささやかな抵抗でもある」

十七年前、こういう書き出しで前年の雑記を一つの冊子にした。パーソナル・コンピュータを使ってB5用紙に印刷してホチキスで綴じたささやかなものだ。それが習慣となって追い追い小冊子が九冊になったとき、ひそかに「徐山猿声」篇と名づけて区切りをつけた。その後も少しはよいものでもできればと、篇名を「秋水泡語」と改めて続け、九年経ってまた九冊の小冊子ができた。これもまだ秘蔵して人に見せるほどのものでもないが、還暦の年であった去年はいろいろのことがあり、そろそろ形見になるものを作っておこうと思い立って九冊をまとめてみた。すべてを集めれば紙数が多くなりすぎるので、選り分けを行なっておよそ四分の一を削った。

目次

毎年各々の巻を小冊子にするとき、表紙裏にまねごとの序を記し、裏表紙の裏にはその年出会った美しい言葉を置いてしめくくりとした。この合冊本でもそれに倣うことにする。

秋水泡語　巻の一

［一九九七年］

「詩法のために・3」　レーモン・クノー

置き場所がよく　選び方もよければ
いくつかの言葉で詩ができる
一篇の詩をかくためには
言葉を愛してやればいいのさ
自分が何を言いたいのかわからなくても
詩がうまれることはある
あとからテーマを捜し出して
その詩に題をつけてやるんだ
でも　時によると　詩を書きとめながら
泣いたり笑ったりすることもある
なんせ激しいもんだからね
詩ってもんは

レーモン・クノーという人が、『運命の一瞬』という本でこう言っているそうだ。しかし、うかうかとのせられて言葉を連ねても、必ずしも運命の一瞬に出会えるわけではない。あまりに忙しく過ごして、わたしの身心の言葉が枯れようとしているのではないか。そのような日々の送り方こそ、うかうかできないことなのではないのだろうか。

一月八日

松の内明けて雷神初仕事

遠山が雪化粧して立つ屏風

一月十七日

一人の不運な男が泣いているとしたら、
それは人間一般の不明を背負わされているのだ。
しかし絶望などと甘い考えを持ったら、
魯迅に言われるだろう、まだまだだと。
人間の身を引き受けたからには、
もっとも深いところでそれを担うことだ。

一月十八日

受験生それぞれの顔で戦う日

寒日和BSアンテナ日に向かう

一月十九日

NHKのクイズ番組を見ていて、「井の中の蛙大海を知らず」という言葉には、「夏虫氷を知らず」という対になる句があることを知る。

『荘子』秋水編、

井蛙、以て海を語るべからざるものは、虚に拘めばなり。

夏虫、以て氷を語るべからざるものは、時に篤ければなり。

空間に言及したからには時間も考えにのぼるべきものだ。時空概念の希薄な日本人の一人としてうかつだったのだ。わたしの経験した空間は狭く時間は短い。その狭い虚になずみすぎ、短い時だけに篤すぎたのではないか。

知慧も無く冬の時代の夏の虫

一月二十日　木瓜一つ冬の時代に咲き出でる

佛無しと思って祈る愚禿の身

一月二十一日　意にそまぬ職を捨て得て去る人を見送って聞く冬の風音

M・ビュトールという人が次のように言っているそうだ。

……詩というものは、人がその意味内容を把握するよりも前から、ほかのテクストとは違ったものとして立ち現れてくる一つのテクストである。……

一月二十二日

「雪中七句」

大灯籠雪を着込んで並び立つ

枝振りを雪の白さで描く柿

水鳥が作る波紋に溶ける雪

白雪を乱舞に誘う風車

菜の花の方形陣や雪の原

雪の山背負い家々微動せず

朝日射し画す雪山目指す道

「いま書かれる一つの短歌、一つの俳句は、それ以前に書かれたすべての短歌、すべての俳句を、ことごとく踏まえて作られる……」――『フランス詩の散歩道』

一月二十三日　霜の野の草の緑のやわらかさ

石柱で鳩睦みあう霜の朝　（石柱の銘は、「不染世間法如蓮華在水」）

道義地に落つ水行神通《ほをはらませよ》ふゆの海

一月二十八日　多事多難有象無象の見える空

二月四日　管弦に春を尋ねる春立つ日

鳴り響く悲哀の曲に身をゆだね歌すくい取れ静かに弾む

二月六日　春隔だつ煙霧の中で踊る人

二月十六日　春待たず道に斃れる雀あり

細道の奥に春待つ霊柩車

菜の花を尋ねあぐねる野北の野

春寒の能古を「こをろ」と潮巡る

伊弉諾の天の鳥船帆を広げ小戸より出でて潮路を目指す

二月二十一日　長征せよ早春の月照らす道　（非力なり戦のことば比喩とする）

梅を襟に天の子午線尋ね行け

二月二十四日　霜の道犬かき抱き行く男

三月八日　日溜まりを探し椿を愛でる犬

三月九日　高原の春の土産は大アサリ

三月十日　春眠をやぶる地の鶏旅の宿

春風が湯煙流す由布の下

人形の面々動く緋毛氈
（日田市豆田町、草野屋の人形達）
経世家広瀬氏の家訓の一つ、「義欲の事」。

三月十一日　世はかくあり、花と三日月仰ぎ見る
（我が家のサクランボの花）

三月十三日　春雨がやんでしじまに明けの鐘

三月十五日　清浄を放射して立つ辛夷の樹

三月十六日　忘却の上に忘却積み重ねゼロの地層を作り為す母

三月十七日　我もまたゼロの地層を作る者人は無魂の事として在る

三月二十一日　わが犬を無視して通る春の猫

三月二十三日　山桜写し静まりかえる池

三月二十四日　古バイク菜の花と立つ都市の川

金屑川肩を寄せ合う夫婦鴨

咲く花に浮橋かけて月の使者

三月二十八日　人はいかにあれ、花のかすみを食って在れ

三月二十九日　手のひらに山吹の花散る朝

三月三十日　桜咲く塚から蝶の巫女出づる

彗星が四千年の春を経て夜空にわたす夢の浮橋

四月四日　三毛猫が雨避けて行く花の下

つばくろは花遠く見て高み飛ぶ

四月七日　その口でその身心と縁遠い言葉を並べ式辞読む人

四月八日　美辞麗句言いかねる身や散る桜

四月九日　風誘う風車立つ蓮華畑

四月十日　底無しに眠い、多難の春なのに

四月十一日　春風に鳶凧と化す浜の空

身の内が銀波と揺れる春の暮れ

四月二十三日　リュウグウノツカイは衣冠厳かに特命帯びてわが前に在り

つばくろが停止、青葉の上の空

おぼろ月藤と世界を薄く染めなにがしかほど世を掬いとれ

四月二十七日　町内の寄り合い蝶も出る日和

四月二十九日　じゃれる犬供に庭掃く四月尽

五月一日　青葉湧き生まれ出たる守宮の子

五月四日　大鯉を呑み込み川を行く幟

五月二十二日　じゃがいもの花身近なる身を離れ

蝶の夢覚めて持久の日々続く

「〈意味〉とは、記号の実現が記号の布置として成立したとき、その記号の布置のかたちと不可分な配置として起こる世界と私たちとの関係づけなのです。……〈主体〉とは、記号の現動化において実現する「いま・ここ・わたし」の布置により生み出される効果である」……小林康夫・船曳建夫編『知の論理』

五月二十四日　ツバメの子親待つ軒の外は雨

五月二十八日　行く時の今を支えるものは何？　麦秋に満つ音に聞き入る

五月三十日　闇照らす灯に卯の花の立ち出でる

田植え機が闇夜の水の上動く

大海を前に蛙の鳴く時節

濃密な五月の闇にからめとる共同体の場に立ち帰る

六月四日　水入れる田に現れる土地の紋

六月七日　岩窟に触手見事なカマドウマ

六月八日　厠上にあじさい、記事は世の腐敗

六月十日

しくじりに梅雨空仰ぐ有漏の身や
ただありうべき紫陽花の色

六月二十日

梅雨晴れや蜘蛛は己を高みまで

六月二十四日

わたしが考えたり言ったりすることは、とりとめもないと言うべきかもしれない。密かに徐山亭と号し、最近パソコンの使用者名に戯れに「谷川の秋水」と入れて、徐山亭秋水ということになるのだが、この断章はさしずめ谷川の秋の水に浮かんでは消える泡のようなものである。

六月二十五日

ザリガニを手にほこらしく笑う子よ

六月二十八日

アジサイに倦むこともなく降り注ぐ雨に見入れば音の広がり

七月二日

わが山に虹の浮橋かけ渡しいざなう空を今歩むべし

七月七日

願い書く笹立つ夕べ人の為す不正に出会い雨の空見る

七月八日　火星から届く映像見据えれば生をむさぼる身に畏れ抱く

七月九日　藤棚に再生の花、梅雨行かず

天の底抜けて大雨、杞の国に　（憂うべきこと多い国に）

ひたすらに只人の道、水中行

七月十六日　ヴァカンスへ成田エクスプレスの床の上

七月十七日　市庁舎のからくり時計十二使徒出でて迎える夏の花嫁

そのかみは刑場の橋土産買う

時移りプラハの城に夏猛し

七月十八日　凶弾も大ハンターのコレクション

歴史を変えた銃声遠く

七月十九日　モラビアの麦に試練の夏の雨

七月二十一日　黄金のさざなみ夏の夜の夢

夏の夜の光に浮かぶ王宮をワルツに乗って行く船で見る

七月二十二日　マジャールのひまわりの海およぐ蝶

旅人を迎える古都は虹かける

ウィーンの大世紀末風車立つ

七月二十五日　残月のそばへ燕は昇り行く

昔日の飛行機雲を見る夫婦

ポートメドウに草食む馬や夏の風

七月二十八日　長旅の果ての耳鳴りセミの声

八月九日　同窓の個性それぞれ甦る三十年の時巻き戻し

八月十三日　盆の花肩に老婦の行く峠

イヌビワの汁つけ潮の香り嗅ぐ

丈低き桔梗海辺の崖の上

八月十六日　旅にあけ記憶も成さず盆の月　（太陰暦七月十五日）

「東城の夏老いんと欲す」
取り返し得ぬ日々の記憶が
自信なげに　少しだけ甦る
どうして　全部の記憶でないのか

振り返れば未熟だったが
しかしまだ　情熱のあった頃
どうして　欲したことを成し遂げる勇気が無かったのか

日々潰え去る法則の中でも
鮮明な記憶となるべきことを創り出す力を
今どのように　湧きたたせればよいのか

八月十七日　盆休み最後の午後に真剣な電話を受けて目を覚まされる

夏の月満ちて老いへの木偶おどり

「ほんとうに黙することのできる者だけが、
ほんとうに語ることができる。」……キェルケゴール

八月十八日　雨多い夏や川面をなすび行く

八月二十二日　熊蝉の讃歌に今も力あり

南山になぜ嘯かぬ蝉と在れ

踊りの輪まわす歌声風にのる

「抒情詩的なものはしごく当然のことながら自己の外部にいかなる目的をももっていない」とキェルケゴールは言う。

八月二十三日

点ほどの虫に翅あり風を遣る

八月二十四日

コスモスの花まだ咲かぬ林の中を
小さな小さな蝶二つ

八月二十八日

輪唱するつくつく法師幾人か

八月二十九日

路地抜けて退場し行く夏の花

腹痛に月下美人の下で泣く

九月九日　秋風に身を躍らせて触れる鮠

九月十日　菊生けて二胡独奏に耳すます

九月十一日　草分けの白猫稗の伸びた田へ

年重ね苦瓜の味好ましき

九月十三日

「翼ある来訪者」

蜻蛉よ
無生の水境から来た使者よ
わたしの母の涙をその泉に運んでくれ
老いるということの悲しみに耐えられるように

蜻蛉よ
無思量の空へ身を翻す使者よ
わたしに涙の水をその泉から運んでくれ
老いるということの真実が見えるように

九月十四日　翅乱し死ぬ蟷螂の伸びた鎌

九月十七日　生生に満月愛でて虫は鳴く

九月十八日　黒揚羽我と出で立つときめいて

九月二十三日　故郷の空で夕焼け追う機中

九月二十四日　鉛直な窓に真横にはらばってヤモリは秋の夜の都市見る

十月七日　月下美人初めて見たと母は言う秋の良夜の馥郁たる美

白萩の花乱れ散る夜の闇

十月八日　澄みわたる山際、久遠の秋の暮れ

十月九日　捨ておいた秋草にまた花が咲く

十月十日　肺気腫で車椅子からコスモスの園を見つめる人の背静か

コスモスの中に人あり須臾の想

十月十六日　月冴えて今日の花野を見ぬまなこ

十月十七日　明星が灯る無上の秋の空

十月十八日　霧こめる花野に花を手折る人

まだ残る垣の朝顔淡き青

十月二十一日　百舌鳴いてあくまで高い朝の空

澄む水の中にたわわに実る柿

秋の野の草生けて聴く天の声

十月二十三日　秋曇り孤鳥は向かう海の道
　　　　　　　行人の姿小さく見る高み
十月二十七日　白い羽烏合の中のかちがらす
　　　　　　　秋の夜の公衆電話に相撲取り
十月三十一日　檀家へ行く女法師に欅散る
十一月二日　「南山に秋を尋ねて七句」
　　　　　　　棟の上柿赤赤と山の里
　　　　　　　黄葉に小さきアカネ端坐する
　　　　　　　野苺を探し花野に迷い入る

むかご取る林に届く水の音
石蕗の花写す流紋岩越える
木漏れ陽に意匠が光る蜘蛛の網
烏瓜かかげる杉の上の空

十一月三日

城茶会幕舎に男子ただ一人
秋日和朱傘の下の湯気立つ茶

十一月八日

秋月の城址真昼の月かかる
黒門に紅葉照り添う日本晴れ
行者杉五百年間行じおり

十一月十日

杜鵑草落ちて焚き火の煙立つ

十一月十九日

すると何かい、
われわれの同類である葉緑体というやつを持った連中が、
太古、何億年もかけて炭酸ガスを炭素と酸素に分けたその素材の
低エントロピー性とエネルギー含有性の恩恵を受けて
人間という存在があるってことかい。

その炭素を消費して炭酸ガスに戻すという人間様の活動
――たしかに生きるよろこびであるもの――が
地表にオーバーコートを着せて、
生きもの全体を生きにくくするってことかい。

とんでもないことだ！
しかし、
摂理だねー。

十一月二十九日　冬迫る山の紅葉に余命あり

十二月三日　木枯らしの流す雲切る月の剣

十二月八日　華やかさ離れ絵を描く師走の夜

十二月二十二日　玄い道亀の歩みで越す冬至

十二月二十三日　想念は峠の先の海抱くふる里にあり母の暮れの日

十二月二十七日　老棟梁大根積んだ軽トラで師走の町へゆったり帰る

十二月二十九日　風流も措いて年遣る凡夫の身

十二月三十日　冬凪を睨み居並ぶ鳶の口

十二月三十一日　大鷺が行く年送り立つ洲崎

「港」

『パリの憂鬱』シャルル・ボードレール

港は人生のたたかいに疲れた魂にとって魅惑的な場所である。空のひろがり、雲という動く建築、たえず変化する海の色彩、灯台のきらめき、そういったものが、飽かせずに目を楽しませる絶好のプリズムとなる。複雑な艤装をこらした、すらりとした船の形、その船に波が調和のとれた振動を伝えているのが、魂の中にリズムと美への好みを養うのに役立つ。それから、とくに、もはや好奇心も野心もなくした者にとっては、一種の神秘的な、貴族的な楽しみでもあるのだ。展望台に寝そべったり防波堤に肘をついたりしたまま、出て行く者と帰って来る者、まだ望みをもつだけの力があり、旅行したり金をもうけたりするだけの欲求がある者たちの、あらゆる動きをじっと眺めていることが。

一九九八年　正月
徐山亭　謹製

秋水泡語　巻の二

［一九九八年］

わたしたちが若干の秩序を要求するのは、カオスから自分を守るためでしかない。それ自身から逃れる或る思考、逃げていく或るいくつかの観念――荒仕上げすらほとんどされていず、すでに忘却によって蝕まれているか、あるいはわたしたちがもはや制御していない別の諸観念のなかに投げこまれるかして、消えてゆく或るいくつかの観念――それらこそ、無色か沈黙の無の不動性と交じりあっている無限速度たちである。……

わたしたちが要求しているのは、自分が手にしている諸観念は最小限の恒常的な諸規則に従って連鎖しているということだけである。……それらの諸規則のおかげでこそ、わたしたちは、諸観念のなかに若干の秩序をもたらすことができ、空間と時間の秩序に従って一方の観念から他方の観念に移行することができ、……

ジル・ドゥルーズ、フェリックス・ガタリ

わたしは、カオスの上に平面を描くことも、有限なものを創造することもおぼつかないが、感覚していることは確かなようだから、ときどきは、泡のような言葉が口をついて出るのである。

一月二日　三日月の初夢銀のしずく垂る

一月八日　新年を祝い立つ木に幾宝珠

一月十三日　朝日射すぬれたサザンカ励起せよ

一月十五日　定年を目の前にして命下り逝く人のあり耳に歌声

人会えばコミュニケーション通夜の席

一月十七日　アドバルーン動かず震災三周忌

一都市が午睡している冬の凪

目を閉じていたら遠くで山茶花の落ちた微動が聞こえたような

一月二十四日　雪かぶり頂にありバラ赤く

雪の中メタセコイアは天を衝く

風船に吹雪欅の救いの手

妻、母と『女人四十』の映画見て映画ほどには心なごまず

雪山を見て母は言う「山は雪」

一月二十六日

下戸の酒醒めて虚無見る寒の夜

一月三十日

凡人の力費やす些事あって為すべきほどに為して暮れる日

二月一日

『人間の死にかた』という本読んで人それぞれの生きかた思う

こめかみの脈枕打つ寒の夜

二月五日

夕刊「素粒子」に、三好達治の一節が引用してあった。

「私の詩は／三日の間もてばいい／昨日と今日と明日と／ただその片見であればよい」

「讃」
私の泡語は
今日生まれるか
形見となるほど
典雅であるか

二月七日　暴走の音去って聞く冬の風

二月十一日　霜撫でて朝日は土に春告げる

二月十二日　春が来た日のたそがれに
コウモリの初踊
あやういリズム
タンタン　ルルル

二月十三日　朝霧にぬれる石段のぼる僧

海霧が寄せて山々薄衣

海霧に漂う満珠春の島

二月十四日

健忘の母とはげしく言い争う人は無明の脳を持つ物
　わたし自身が、海馬という言葉を思い出せなくて、辞典を引く身である。

二月二十五日

菜の花や向き定まらぬ風車

二月二十七日

扶桑まで長安の使者黄砂来る

黄塵に少年のスクラム対峙する

三月一日

菜の花と歩む法被は諸規則下

巡礼の歩む渚に寄せる春

冬越した雀が都市を見晴るかす屋根で未来の構想語る

三月三日

早春の太古の空に三日月
歓喜せよ木蓮の花生成し我並び立つ只人として

「過ぎ去る世界の一分間が存在するとき、ひとはその一分間を、その一分間に生成することなしに保存することはないだろう」……セザンヌ
「合成＝創作、コンポジション、それこそ芸術の唯一の定義である。」
……ドゥルーズ、ガタリ

三月九日

「The Tables turned」
よろしい、書をおくがよい
しかし、もう片方の算盤もおくことだ
ご破算に願いましてはの世になったのだから。
よろしい、自然に帰りたまえ
久しいあいだ本当の自然であったことはないのだから
どうすればよいかって？　それは自分で考えることだ。

さしずめ木を実生から育てたらどうか
生命とはそうしたものだから
森をどう航海すればよいか考えるのだ。

永い沈潜が必要だ、覚悟したまえ
木々が育ったら、一本の木から彫り出すのだ
カルキュレイトするものではない思考船を。

手のひらにのるその思考船は
おまえを乗せるほど大きい器でなければならない
また、おまえはそれに乗れるほど柔軟な身心であれ。

その船で世界を測量しながら
航海に乗り出せ
世界へ。

三月十二日　　墨衣小走りに行く菜種梅雨

木蓮が黙して受ける細い雨

長田弘著『記憶のつくり方』に、幼い日に見た祖父の亡骸が炎の中に燃え上がる光景が、美しい文字の落ち着いたじっとみつめる力を感じさせる文で記されている。目を上げると窓ガラスに少し不鮮明に映った自分の顔が見えた。いつか、こうして見ている自分とガラスに映る姿が存在しなくなる時が来るのだ。窓の向こうに町の光が広がって、そのさらに向こうに暗い海が横たわっている。

春の波寄せる、月見て閉じた目に　（如月十四日）

三月十四日　母なじり散歩、レンギョウ咲く丘へ　（母を連れて）

おぼろ月うき世に運ぶこの好事

三月二十日　わが山に思いがけずに春の雪ひとを養う天地の夢想

三月二十二日　彼岸西風納骨堂の上に凪

三月二十六日

二十三日から西安に来ている。白居易の詩「東城尋春」を人々に示す。

麦植えた秦地春塵はてしなし

法門に入るに無無門春の風
　法門寺本堂入口左柱の銘は、「門無門無無門入無無門」。

大塔の風鐸鳴らす佛の指

乾陵に青き麦畑接しあり
　則天武后の方の墓誌は元無銘であったということ。

人の生みな素面にて春に会う

三月二十七日

大雁塔西への道は春霞

希求するものへかすみの彼方まで

三月三十日　世話になった人に詩のまねごとの漢字を連ねたメモを渡し謝す。

華山重巨巌
峰上晴天春
不見神仙形
唯知松風薫

四月四日　夜桜の此岸を歩む酔い醒めて

四月六日　無責任無能の中で身過ぎの身はなのひとひら淡く装う

四月七日　蝙蝠が盲いて花を散らす闇
闇の海花流す果て桃花源

四月八日　山吹から滴が落ちて新しく光が満たす大地生まれる
たそがれに花の雪敷く花祭り緑萌え出て無声の讃歌

四月十日

田舎へ列車で日帰り。

はらはらと続く散花に時止まる
散華する時空に蝶の生まれけり
風渡る身の内外の蓮華畑
地蔵尊春の木陰で赤頭巾
吊るし柿桃の花見る里暮らし
春うらら鳥の肩に届く草
陽の道は沖つ島まで一筋に長門二見に春の日暮れる

四月十七日

春雨の中を行く風光りけり

四月十八日　目をこらす森の喧燥青葉涌く

四月十九日　籠もり堂藤も葛も若葉なり

田園のいのち燃え出る中に立つ条不条理は渾然とあり

しなやかな若葉のちから身から失せ渇きおぼえる春の盛りに

四月二十三日　鯔飛んで立つ波寄せる春の磯

漁り火がふちどる海に絹の雨

四月二十四日　イルカ跳ぶ海と都市との春の上水と空とを見る眼持ち

四月二十九日　竹の子は背伸びし藤の花房へ

五月三日

二人の母を連れて白糸の瀧へ。今日は少し見通しがわるく、玄界灘までの眺望を楽しめない。まだ山藤の花が残っていて、桧林の梢に優雅な姿を見せている。瀧の前の大きな楓の下の緑に満たされた空間が静かな場をつくっている。そのうち海から霧が流れてきて、すーっと梢の藤も霧に没した。瀧の流れの音だけが響く。

瀧音に楓の緑降りしきる

霧深く籠める五月や瀧を聴く

玄界の霧卯の花となって散る

「（ダンテの）三行から成る連は、水晶のように内部から形成されるのであって、石のように外部から削られるのではない。」……S・ヒーニー

五月四日

秩父の山里の花祭りの様子をテレビで見た。つつじなどの花を集めて子供たちが泊まり込みで「花御堂《はなみどう》」というのをつくり、花を降らせながら里の道を通っていく。

釈迦おわす花の御堂を守る里

釈迦通る後に花敷く道一つ
散華する野の道を行く稚児の列

五月十三日

「反時代」
わたしの泡語は
明日生まれるか
微笑を生んで
闇を開くか、

五月十五日　道見えぬ雨の海原進む船航跡もまたすでに波間に

五月二十二日　藤棚に五月の風がたわむれて葉群の下に光る玉散る

五月二十六日　掌に蛍入れて見上げる北斗星

五月三十一日　卯落ち今は主なき鳥の巣は入念な作樫捧げ持つ

六月一日

はやサツキ刈って明日期す五月尽

紫陽花の変化に燕低く飛ぶ

「鬼界ケ島」
シテ「フサハシカラヌ者ヨリ、地位ト名誉ヲ、フサハシキ者へ返ヘセ」
ワキ「果タシテフサハシキ者ノ世ニ在リウベキ」
シテ「サレバ、権力ト虚栄ヲ地上カラ滅スベシ」
ワキ「イズレノ人カ、ソレラヲ欲セザル」
鬼「ムベ、人モロ共ニ葬ムリサレ」

「希望」
果たして君は
願いうるか
君の敵さえ
救われること、

果たしてわたしは
信じうるか
このわたくしが
救いに値すると。

六月四日
芍薬は一つの世界を創り立つ
君もまた立てこの時と場に

六月七日
天神の池で千年甲羅干し
飛び梅の下で日傘をたたむ人
峠から瑞穂の国の水田見る

六月十日
地を滑るツバメわたしへまっしぐら

六月十三日
さみだれが泥から作るラガー達

水の田に天から無数の水の糸

六月十八日　眠たげな海馬は海馬を記述した言葉の海を迷いつつ行く

六月十九日　思いがけずに　小さな花が
わたしの花瓶に　静かに開く
世に在るものの　あるべき姿
濃い紫の　五蘊ひととき

六月二十四日　クチナシを挿して根づきの時を待つ

六月二十七日　この生の暗闇深く不可思議に御されて進む光に会うか

六月二十八日　三十三曲がる峠を越す蝶の瞳は深い緑に染まる

七月五日　まぶしさや合歓の西施を焼く陽射し

七月六日　「梅雨明け」と蚯蚓の乾く後に告げ

七月十日　クマゼミが歌う季節の中に在れ

七月十五日　火花飛ぶ凡凡たる夏鉄工所

わさび田に回帰する水果てしなし

硬直の始まるむくろある部屋のエアコン寒し真夏の夕べ

七月十七日　夏陽射しこがれまた生きる藤の花

七月十八日　向日葵と網戸の内の黒い猫

九州に白燕出でて改元を求め総理の首のすげかえ

七月十九日　ひとしきり世に咲いてある遠花火

七月二十日　今日幾度母の繰り言蝉の声

暮れて鳴く蝉は老母の嘆き鳴く

七月二十九日
油蝉鳴いてじりじり行く歴史

七月三十日
変動の局面人無くて夏の坂

七月三十一日
夕顔に流し目をしてペダルこぐ

八月一日
引導を渡す儀式に年経つつ在る身を思う答えを持たず

八月二日
戻り梅雨ようやく明けて八月の査《いかだ》こぎ出せあの大河まで
汗かいて夏の入り日に蝶踊る

八月七日
水草が花ちりばめて凌ぐ夏

八月二十日
炎天がけむり朝顔青を濃く

一房の藤の短い夏期休暇

八月二十一日
「人の心のメカニズム」
石段に
鉄の手すりをつけました。
白いペンキを塗ったのは
あの仕事師の棟梁さん。
使い始めをした母が
ぴょんぴょん跳ねて下りて行き
ころんで向うずねを打ちました。
老母にふって涌いたのは
いったいどんな心持ち？

八月二十七日　閉じる眼にただ虫の音と化す宇宙

八月二十八日　一年の雨が二日で降る夏におろおろ歩くなお明日を期し

八月三十日　夏陽射し避けて魚影も木蔭下

黙し聞く黙す宇宙の謎の意志

九月五日　新来の花木の秋や鉢二つ

紫の小さな花に秋《とき》は今

九月七日　満月を背にふくろうは物語る

虫と鳴く人の声満つこの天地

秋風と価値の彼岸へ渡り行く月の光の波に身を置く

十月三日　千秋の堀に蓮咲く残暑かな　（千秋城）

御番所で千秋の行きし跡を見る

十月五日　黒塀の奥に咲く萩古武士立つ　（角館）

「日本の短歌の抒情性というのは結局共同体の中にいることの安心感のようなものじゃないか」、「そもそも詠嘆というのはそういうものじゃない？」

……岡本厚と藤田省三が対談でそう言っている。

十月十八日　神官のマスクは人を疎外して青銅のごと動かずにあり

美術館出づればすでに名工は銀杏黄色く描きつつあり

凡人は置き去りにされ天動く

十月二十日　奥山に草紅葉ありこの世界

十月二十一日　雪虫のたより聞くころ同窓が倒れたという e-mail 来る

息一つ金木犀で心《むね》満たす

十月三十一日　暮れる秋あてなく空を昇る蝶

十一月一日　頑強に我をはったことさえ忘れ去り今という時母に始まる

十一月二日　逝く友や花となり泣く不如帰

今日はホトトギスの花を小石原焼の瓶に生けたところであった。大学一年のときいっしょに旅行したことなど思い出す。

十一月三日　死に顔を見る枕辺に桔梗一輪

わたしの発した言葉はこの一挿しの花に及ばない。

秋の月何度も仰ぐ通夜の帰途

十一月十一日　秋ふけてガリレオ温度計の玉上がる

十一月十二日　友遠方より来たる。訪れる人も少ない晩秋の能古島を散策。

遅咲きのコスモス捧げ島の海

花畑に花無く石蕗の花と海

秋の蝶海へいざなう島の丘

十一月十四日　清流へ毛虫が歩む小春の日

十一月十八日　ものすべて時熟の時や時雨ふる

十一月二十一日　銀杏散る黄の残像の虚空成し

十一月二十四日　霜降りる宇宙に浮かぶ星の上

十一月二十八日　追憶し桜紅葉の散り残る

十二月一日　揺れ動く浮世をよそに山辺の里に静かに降る小春の陽

十二月四日　満月の下で蜜柑を買う留守居

十二月七日　どの道か八十路に迷う歳の暮れ、人生の冬、誕生日忘れて祝う母
　　ひつじ田が実る便りに励まされ

十二月八日　流転して宇宙に浮かび仕事する人うみだした大千世界

重力によって空気を保持する船の上でうごめく人間すべてが、宇宙飛行士と変わるところはない。ところで、昔この船上で今日戦争を始めたということを言う人もいない。

十二月十三日　寒鯉のあらい氷と磁器の上

十二月十四日　木枯らしの闇抱え立つ大銀杏

十二月二十三日　赤肉は柚子と浮かべば無心なり

十二月三十一日　鏡餅心はずませ搗くうさぎ

一九九九年　正月
徐山亭　謹製

加藤周一戯曲草稿『富永仲基』の一節

「学問は言葉だよ。生きるとは、言葉ではなくて、いや、考えることだけではなくて、感じることだ。眼で楽しみ、舌で味わい、指先で触れ、耳に聴き……お前が弾く琴の音は、はるか遠いところから、言葉ではいえない何かをはこんで来る、幼い頃の夕やけの空、盛り場の祭りのざわめき、春先のしめった風の肌ざわり、今ここにはないすべてのもの、過ぎ去ったやさしさや悲しみ、明日への望みや恐れ……おれはお前の琴の音のなかにお前を聴くのだ、お前の心の波立ちを、お前の命の樹の緑を。」

『三題噺』

（加藤）すべての形而上学は抒情詩である。
（仲基）人生は定義することのできない言葉から成り立っているようだ。
（加藤）そして言葉にあらわせない感情からも。

秋水泡語　巻の三

［一九九九年］

世に多くの詩人と呼ばれる人々が存在する訳だけど、その中に何人ほど、真の詩人と呼べる人間がいるのだろうか？　……
風狂の人は、そんな昔の人々ではない。ただ今も、どこかで、本当の自由を手にして、大変な不自由の中で、人間をキッチリ生きている人々なのだ。そんな訳で、井月、放哉、山頭火はぼくにとって真の詩人たちなのかも知れない。ひとつの時代の中で、真の暗闇をちゃんと見定めて、その中にちいさな光のような境地を見い出して死んで行った人々。……

永島慎二、『世界』連載「風狂の人」最終回の文

そういう生き方がある。しかし、今年のわたしをふりかえってみて、自由の境地にあったとは言いがたい。口をついて出た泡語もとぼしく、彩り活気を欠いているように思う。水は涸れてはいないようだけれど。

一月六日　人の生見るべきほどのこと尽きず知盛よりも悪戦すべし

一月十一日　寒鯉が眠る水中舞え雪よ

暮れに寒鯉のあらいを一緒に食べた義母が亡くなった。

一月二十日　大寒の三日月奥歯かんで見る

二月四日　白雪が時の刻みを示し降る

雪の道首をうずめてすくむ鳩

鶏は雪をよろこぶ声上げる

二月十八日　芽を覚ます雨暗き日や春待つ身

アルツハイマーの人と起居をともにすヒトを見捨てず耐えていけるか

二月二十日　雪舞えば少しまなじりつりあげて……

花の香に少しいのちを授けられ

「状況におかれていることは、自由の必要かつ本質的な性格である。」

……サルトル『文学とはなにか』

二月二十三日　木星が金星を衝く有事なり革命せよと天のシグナル

三月七日　言霊を欠いて歌無く騒ぐ東風

三月九日　迷走する世にも桜は四季を為す

三月十日　暁に鳥聞き今日を企てる

三月十六日　春の風邪北と南で槌の音

命題「万物は相互作用する存在である」

光を
おまえに見えるようにしたのは
創造主であるこのわたしだ。
音の波を
おまえに聞こえるようにしたのは
創造主であるこのわたしだ。
分子を
おまえに嗅ぎ分けるようにしたのは
創造主であるこのわたしだ。
物質を
おまえに味わい分けるようにしたのは
創造主であるこのわたしだ。
他のものを
おまえが触って感じるようにしたのも
創造主であるこのわたしだ。
そうです、あなたは
それらのものを綜合できるようにもされました。
そうして、授けられた知性が

あなたが不在であることさえ教えます。
あなたが空であるとしたら
わたしは何に支えられているのでしょうか。
わたしはどう生きましょうか。

*付則、ゴータマ・シッダルタは創造主を論じなかった。

三月二十二日　柳川の雛祭りを飾る「さげもん」を見物に出かける。道中、粉雪。

不知火の海へ菜の花運ぶ川
菜の花に染まりうなぎの肝を吸う
さげもんの下にひっそり雛の壇

三月二十三日　春眠する午後の机上に待つ仕事

三月二十六日　霧の橋彼岸を目指す彼岸過ぎ
霧に立つ辛夷が闇につくる球

三月二十八日　あわただしく列車に乗って閉じる眼に春の陽射しのオレンジの色

三月二十九日　角切った鹿は浜辺に人を追う
結界の外でアサリを採る翁
花冷えに牡蠣の筏も身じろがず

三月三十日　花つぼみ水透き通る錦川

四月六日　風に立つ花それぞれに咲く気概
閉塞の春、蝶となり覚めて見る

ＢＳ放送で、１９９５年のイギリス映画『ウェールズの山』を見る。人間は意味を創り出そうとするものである。その意味とその行為は、本質において素朴なものだが、尊重に値する。他者にとってもそうだということ。

四月十日　細き雨けむる広野に降る桜

四月十五日　耳すませ人声離れ森の春

森の場はわが非力とも無縁なり

四月十六日　半眼の身に木々めぐる音のする　（山中の宿で多人数で座禅）

しゃくなげは唱うカジカと山の春

小糠雨藤色に降る夕間暮れ何ゆえにまたいかに在るべき

四月二十六日　蓮華畑歌口ずさみ行く佳人　（六十をすでに越した人だった）

四月二十九日

竹の子に十日の月のいつくしみ　（月光讃歌）

「昔日、淵明ハ自祭ノ文ヲ記シ
今日、余嘆キテ惜別ノ文ヲ草ス
母生キテ既ニ渡ル絶遠ノ地」
わたしの母はしんでしまった
それは父が亡くなってまもなくのことだった
それは何千日もかけてのことだった。

七十五のとしに母は今という時を滅した
かぞえきれないほどの過去がよみがえった
そのたびに一瞬の生が回帰した。

「みんなどこへ行ったのか」と百万遍母は言った
「もう帰らなければ」と百万遍母は言った
瞬間、瞬間に、三千大千世界を遍歴した。　（春月皎々《きょうきょう》）

四月三十日　蓮華畑鋤かれ献上香る土

五月十六日　事無げに自ら熟す桜桃

周辺有事、さつきの上を蜥蜴行く

また、周辺多忙、無句。

「私は自分の信念をねじ曲げて事態に奉仕するよりは、むしろ事態の方が折れるのを待つ。」

……モンテーニュ、堀田善衛著『天上大風』の引用

五月二十八日　魔女の子か手で九つのシャボン玉

人生を掌にうけ手話の人

蛙鳴く漆黒の田に百の月

五月三十一日　為すことが意味を結ばぬ老いという事実の前にただ立ちすくむ

六月四日　山中のけむり怠惰に誘う初夏

六月九日　よい事もむさぼり為せば度外れと警告を出す生命のリズム

六月二十日　模索するキウィの蔓を刈る身かな
ヒトという自動機械も手探りす

六月二十七日　物思い皐月の月に吠える犬
この国のかつて滅んだ文明の書をひもといて居住まい正す

六月二十八日　蜜蜂が精出す梅雨の朝間かな

「人生は舞台」という謂は、著名な人物達の舞台を見ている観客席もまた舞台であり、かつての人が神という名で呼んだ根源的視点からは、すべての舞台が平等な重要性をもっているということであるだろう。一人のありふれた男もすべての人間と対等な舞台を演じているという気概を持つべきなのだ。

七月七日　　クチナシの挿し木一年花一輪

七月八日　　三味の音と月下美人の芳香がとける夜風に時をゆだねる

七月十日　　元気出せ子供の山車の御巡幸

娘のところに。明日から家族でバカンスへ。

七月十七日　　魂をふと遊ばせる夏花野

涼風と緑が落ちる谷深し

樹々の中呼びかける主黒き猿

七月十八日　　夏木立天のしずくの落ちる池

山上の花物語る山の四季

七月十九日　鴨飛んでやや晴れあがる梓川

漱石は、「芸術は自己の表現に始まって、自己の表現に終わるものである」、「芸術家の強みは、自分の作品の出来栄えについて最後の権威が自己にあるという信念をもっているところにある」と言っているそうだ。

七月三十日　往来の船ゆるゆると海峡に赤とんぼ飛び夏暮れかかる

航跡の波まだ白く暮れる夏

行く船も絶えて夕風橋越える

八月一日　さまざまの思い涌く距離遠花火

遠花火無心の蝉は讃嘆す

八月十一日　変調を来たす日本に囚われて人間という苦労を生きる

八月十四日

母連れてその父母の墓参らせる愁眉を開くただ須臾の間

炎天下端坐しおわす阿弥陀仏

　萩の浦上美術館で「宋磁」展を観る。

神品に対す瓶から蝉の声

水盤に水無く広がる玉《ぎよく》の海

八月十九日

人というもののげんかい
ほかならぬこのわたくしの……。
されば、願いとしてなくてはならぬもの、
楽を与えることと
苦を抜くこと。

八月二十日

サッカーの練習終えて青年が独りおじぎしグランドを去る

八月三十日　字余りの句に万感の思い湧くわれ無句にして千の虫鳴く

八月三十一日　秋の夜にドラム叩いて人鳴くよ

九月十日　衰微するきざし木の葉に見える頃ふと佇んで遠いまなざし

九月十一日　無伴奏チェロ組曲の風は秋

九月十五日　なつかしい唱歌を唄う母の声眼を閉じて聞く虫もまた泣く

人の声天空超えて悲しみの響き届けと放射する波

「敬老」痴呆は狂気、息子の寿命を縮める刺客。

九月二十三日　葦原にシジミ採る船秋彼岸

九月二十五日　鯖曇も青空泳ぐうまし秋

栗の毬よけて茶室へ段上る

明々庵マイマイも居る秋の暮れ

八雲忌の逮夜風鈴閑かなり

わが歳に彼岸の花となった人

宍道湖に日の道置いて行く彼岸

落日は八重のとばりを燃やしつつ秋風寄せる湖の彼岸へ

十月五日

コスチューム脱いでモデルは田を守る

十月八日

白秋の雨見て愁い顔の騎士

コスモスは乱舞し蝶は酔い心地

十月十九日

「わたしの悲しみは明るいか」
十字架を崇拝せぬ者にもいかめしい世紀末
保険金のためにわが子を殺す母親のいる末法に
はたして悲しみが残っているか。

笑う男が言うよう
悲しみがなくてどうして明るさがありえよう
光を見ることを欲する者に
ドン・キホーテの大いなる悲しみを！

「よくよく思考をめぐらせば
われに命を与えしは
不安に満ちた未来の希望」

十月二十三日

相好を崩し唱歌を唄うかお死という法にくずれゆく母
無声にして人を支える十三夜

十月二十六日　退廃を見据え梢に柿一つ

白日起きている退廃を目の前にしながら、自らも熟しほっておけば崩れ落ちる柿の実が孤独に耐えている。

十月三十一日　花道を去るコスモスを追う身かな

黄櫨の実はまだはぜず待つ熟す時

山と川と人のうごめき国見する

十一月九日　迷い道しぐれは晴れて笛の音

十一月十日　生きあぐね桜紅葉に残される

十一月十二日　陽さんさん颪と木の葉と讃嘆す

石蕗の花にもめぐむ小春の陽

十一月二十四日　悪戦の手負いを照らす大き月

十二月二日　焚き火して烏と語る朝の茶事　（うらやましい人がいる）

十二月七日　師走の朝遠い闇から鶏の声

十二月八日　霜の野に伏して緑を磨く草

十二月二十日　雪降って過ぎ行く時に気づく朝

十二月二十一日　陽が射して間近に坐る雪の山

十二月二十二日　凍えつつ月の光明求め行く

夜回りの声冴えわたる月にまで

十二月二十三日　ボール蹴る影長くして冬至明け

十二月二十五日　渡り鳥はぐれ逆旅に降るしぐれ
　　　　　　　ささやかな冬の一日愚者として
十二月二十九日　行く年や夜なべ仕事の障子張り
十二月三十日　白拍子トンネル雪の裾模様
十二月三十一日　千年紀送るトンビは空高く螺旋を描く明日を期して

バラトィンスキイ

わたしの才は貧しく　声は低い
けれどもわたしは生きている　この地上にも
わたしの存在を懐かしむ者もあるだろう
遠い後の世の人は　はたしてわたしの詩に
わたしの存在を見出してくれるだろうか
そうしたらわたしの心はその人の心と結ばれるだろう
同世代に友を見いだしたように
後の世の人の中にも　わたしは読者を見いだすだろう

二〇〇〇年　正月
徐山亭　謹製

秋水泡語　巻の四

［二〇〇〇年］

「林達夫が生涯をかけて見事にわれわれに示してきたのは、勇気とは、わが道を行く決意のかたさだということ、主観的気分を抑え、世界の現実を直視し、いかなる事実もそれを事実として認めてゆずらぬということ、断じて流行に従わず、漠然として扇情的な言葉を切り捨て、散文を厳密にただ思考の手つづきの表現とみなして憚らぬことだ、ということである。」

「美学とは、構造の確かさであり、手段と目的との必要にして十分な適合であり、かの桂離宮の如く（東照宮ではなく）、かのシトー修道院の如く（ロココではなく）、精神の潔癖さの形と化したものだ、ということである。」

「生活と精神とを媒介する形式としての『風流』」

「研究室の外に出た科学者は、一人の人間として一つの人生を生きていく以上、そこにどうしても詩人としての面をもたなければいけないということです。それから、社会に一人の市民として生きている以上、どうしても社会に対して、ある種の信条をもたなければならない。」

『加藤周一コレクション』から

「個別的な特殊な経験を社会化する」ことがわたしにできるか。

一月五日　　祈りだけ残す冬の夜しんしんと

一月十二日　冬空にシナプス広げひとり立つメタセコイアの在りよう学ぶ

一月十五日　鉛筆の音だけがする小正月

一月十七日

「雑感」

「雨の降る品川駅」を書いた詩人は
喜びをもってその詩を書いたのではない
人間という不出来のものへの痛恨をこめて書いたのだ
人間存在へ限度を超えた抑圧をなす者は
人間に対して敵として立ち現れる
その敵へ反撃することは正義である
抑圧の制度の要をなす者、加担する者は
たとえその自覚が薄いとしても
人間の尊厳に対する敵である
元独裁者は人権侵害者として告発され
隣国の元大統領は戒厳令下の所業を罰せられた

虚栄によって肥太りその実ちっぽけな俗物にすぎぬ者
その者を正義の名において撃て
人間を抑圧から解放するために

一月二十日

熱秘めて柿爛熟す寒の雪

背を向けて菜の花が立つ寒の風

降る雪に一声鳴いて立つ小鳥

一月二十八日

雪を着て立つ木々達を訪ね行く

二月一日

物皆と寒の陽射しの中に立つ

木々の芽は固いつぼみとなってある自己に未知なる展開期して

二月四日

春立つ日畑をおこす人は野へ

二月五日　春節の朝日を祝う霜の原

二月九日　まだ凍る三日月が見る冬の世を

二月十日　早春の路上に小鳥たわむれる

二月十三日　往還にたぬきが不慮の往生す

二月二十五日　ちゃんちゃこを着て犬が行く梅の下
窓に来て鳥はアリア四度ほど歌う二月の春の喜び

二月二十七日　そのように気力の萎える晩年が人には来ると予期しつつ立つ
夢《じんせい》という世界と自己を見つめつつ時間の中に在る物語

三月十九日　ぬかるみに竜のひげ買う春の市

手も足も出ぬ石人として春の藪　（石人山古墳）

石人が別区にあって観る天地

時が統べる前方後円森の春

規矩棄てた世に球描き馬酔木咲く

三月二十日　沈丁の香りと月を糧として危うき生を試みる者

三月二十三日　悪戦を卒業もせず愚禿の身

糠雨に咲く花々の一つとなる

悠然と自他を見つめる春の山

三月二十六日　桜咲く宣言に早名乗り出て午後の陽射しに風切る燕

四月六日　ヒトという未熟の者も花の下
春宵を惜しむ万物有無の間
四月七日　蝶一人蓮華の下を遊行する
大空へ昇る散華を仰ぎ見る
「ただ叫びの強烈な人、かの誠実に充ちた人だけが生命を喜ばす芸術を遺したのである」……中原中也
四月九日　地を出でたエビネは虚空探り当て
四月十日　同人になった春だと内祝い
句の会の序列の外に無位の春
その春と野の果てに住み泡語詠む

四月十三日

桜散る川瀬の波のさんざめき生きものの皮膚超えてくる波

愚昧にして春のうたた寝うつろなる　（あまり刺激のない話を聞かされて）

わらび一つ採って見上げる芽吹く木々

花見客去って黒猫山の茶屋

四月十四日

山中に法を聞き見ること難し　（山中でも）

春うらら　うらら　法話と共に寝る　（仏法とは、世界はかくあると悟ること）

旅から帰れば要介護三の人

五月四日

眼に山を容れて若葉と溶けて在る

五月五日

揺りいすで対岸を見る無事の春

五月十一日　身の内と外に微妙な形象を編み上げていく生きものとして

五月十四日　母の日の定めにあらず母叱る

五月十七日　雀子二羽南山五月小雨中

五月二十一日　万緑に変わる夕陽の無量光

逆光の山　幽玄に暮れる初夏

卯の花が散る丘下る長い影

五月二十二日　ねぎ坊主集め種とる夏迎え

五月二十三日　淵明・モンテーニュの末裔は園遊会を好まない。

小庭のさつきと遊ぶ大悟待ち

亀虫の後に吸いつく桜桃
わたくしに世界が聴き入るしじま見る

五月二十五日

詩人は、「僕は美の、核心を知ってゐるとおもふのですが」と詠っている。
本当に美の核心を知ることはひたすら自己を確信すること？

五月二十八日

刈り込みの高切り鋏楽しまず不合理な世に心乱され
「個別的な特殊な経験を社会化する、これが詩人の仕事になるでしょう」
……加藤周一

五月二十九日

切り取られアジサイは色になお生きる
老棟梁セカンドギアで沈む日をゆるやかに追う五月の風と

老境を耕す人やキャベツ畑

五月三十一日　緑から遠く人事の中に在る

「鬼の歌仙は短くて」

卒中の後に回生した人を
見れば地獄のアルツハイマー
地獄とは望みも絶たれ行く末に
渚の砂に印す労役
甘受して地獄の地獄行く地獄

回生した鶴見和子のなんという強さ。

六月一日

「夜間目覚めて一首を得る」

山は盛んにして青を出だし了わり
人は老いて未だ境を窮めず
覚らず、林間に迷う
何ぞ値せん一回の生に

「言語に関する考察と、一歩毎にする言語の再発明とのないかぎり、詩はありえない」、「詩句にあっては、単語の間に毀ち難いむすびつきをつくりだすことが問題である」とルイ・アラゴンという人が言っている。

六月三日

あらそって溺死に向かう群れのごと動く社会にわが生を為す

六月七日

田植え機の行く田に水と風歌う

六月十二日

「そして七尾のメダカは死んだ」
美の娯しみを、
三十年来の空池にモネの睡蓮を！
そして七尾のメダカは死んだ。
南方の珍しい魚たち、
並んで彼らもガラスの水槽に、
そして七尾のメダカは死んだ。
親類に食われる定めを、

代わりに昆虫の幼虫を食う役目に変えられ、
そして七尾のメダカは死んだ。

虫けらを食う代わりに、
塩素を飲んで、
そして七尾のメダカは死んだ。

脊椎を持つ末裔にすぎぬやから、
少しばかり頭の大きい者の娯しみのために、
七尾のメダカは死んだ。

さわやかな皐月の月と酒後の道

六月十四日

梅雨寒や萩咲き急ぐわが庭に

耕せば大小の鳥　田植え前

梅雨晴れの瑞穂の国の御田は今水を湛えて天地を映す

六月十六日　幻想の大楠さわわ揺れる闇
蛍火がゆらら川辺の夢幻能

六月二十二日　一仕事やったつもりで行く雲を見れば遊子の自由なること

六月二十三日　真剣に児童は語る梅雨晴れ間
銘銘に時の記念日どの時も
その時は風の織り成す砂の紋

六月三十日　長身のメタセコイアが全身を風に揺らせて六月が行く

七月一日　七月になった良夜の空高く轟音引いて飛翔するもの

七月三日　風殊に女庭師の木蔭まで

七月四日

それぞれの顔持って立つ夏の雲

胸たたく男もやがて相貌をくずし消え行く夏の大空

七月六日

神仏を説く俗物に我が自由侵されている悪戦の中

七月七日

太陽暦七月七日小良夜清涼風雅処々人語

七月十二日

綿入れを着る人の在り蝉が泣く

冬扇であおげ綿入れ着た人を

七月十四日

蟷螂の子は葉の上で手を合わす

合わす手が殺生もするこの世界生きる願いは定めでもある

窓に蝉鳴かず動かず更ける夜

七月十七日

人間の行為は実に身体に設計された機序に従う

七月二十六日

人生を引受けること難くして引受けるほか人にすべなし

七月二十七日

ファカルティディヴェロップせよと五十五の男に迫る者の顔見る

雲湧くよ自己の卑小を悟りつつ

蜻蛉と人の卑小に眼を開け

七月三十一日

迷走する組織間近に見聞きする歴史のダイス意味を求めず

八月六日

鬼二人黙し蝉さえ声上げず

夕立に右往左往の皮袋

人あって驟雨に感受乱されず

八月七日

大いなる眼の台風に睨まれる

八月十七日

異境にも夏の野の花続く道

九月一日

諦観し南で北で歌う虫

蟋蟀の語り尽くせぬ口説き節

九月六日

騒風に洗われる日を待つ身かな

穏やかな合唱の声秋風に聞き分けるほど心を澄ませ

九月十日

法師蝉この世の果てから呼びかける

九月十二日

人、雀、百家争鳴、野分前

野分来て漢宮秋月怨み濃く

雲上の名月愛でむ漕ぎ出だせ

九月十六日

白潟に山の端赤み大き月

白萩に星が瞬く凪ぐ入り江

九月二十四日

「佐渡紀行」

行きはぐれ北の両津をさまよえば彼岸の雨に村雨の松

海が挟む此岸の秋や墓に花

山門の内に夏草焼く坊守

うたた寝をして秋風に聞くおけさ

旅人が待ち合わす時萩が散る

山萩やきりぎりすと行く佐渡路かな　（バスのフロントガラスに）

島守は順徳帝ぞ咲く尾花

荒海や安寿を嘆く曼珠沙華

厨子王の母は天空横たわる大荒海を見極め尽くす

能面は運命という旅を行く世阿弥の夢は見果てずにあり

十月一日

オリンピック終える祝宴千年紀人の実相照射する夜

十月四日

土手の草刈って小川の水は澄む

十月十日

天仰ぎ持ち堪えかねる十三夜

昨日幾度も／　今日幾度も／　明日幾度も／　母は繰り返す

昨日何度も／　今日何度も／　明日何度も／　わたしはどなる
これが人の営み／　かくも無意味で／　優美を欠いて
無縁の夜空は／　無関心に／　晴れ渡る
明後日、望月はそれでも昇る

十月十二日　刈り入れて肩揉んで見る雨模様
望月を眼に焼きつけて秋の床

十月十三日　青北風や緑にすがる紋黄蝶
雁渡し百舌も高鳴く野末かな

十月十四日　野良猫も肥えてのそのそ歩く秋

十月十七日　秋雨を避ける雀の軒の今

十一月五日　瀧の音共々聞いた人はなし秋の峠はまだ紅葉せず

十一月六日　コスモスも刈られる時や生と死と

十一月八日　弱き胃に沁む秋の水運ぶ身よ

十一月九日　行く秋や少年に抜かれ暮れる坂

十一月十一日　耳の奥過ぎて行く時しんしんと

もの皆が行く秋の夜に耳すます

「日録風の作品を並べて行って、それゆえに生のリアリティが創造されると考えるほど楽天的なことはあるまい」と歌人が言っている。

十一月十五日　泥舟の会議の笑い切り刻む事象はやがてかなしく滅ぶ

わたくしのいのちいちにちしょうじんする
　まなこをとじていきふかくすう

もしすこしちからをえればひとのよに
　ひとつふたつのことばおこなう
ねがわくばしぐれのなかにみをあらい
　きぎのあいだのもみじたるべし

十一月十六日　歌いつつ時の踊りに散る落ち葉

十一月十七日　僥倖に出会う時雨の並木道

十一月二十四日　秋去れば都市の暮らしで涸れた眼に仰ぐ夜空の星のまばゆさ
不可思議に夜露したたる音がする
自然の理法、受けがたき生

十一月三十日　仰臥して点滴受ける人の顔、息止む時の姿思わす

十二月三日　鏡中の己分からぬ人の冬

十二月四日　並木道今は枯れ木となった午後ひともわたしも為すこと知らず

十二月七日　大雪に鬼蜘蛛高く糸を張る
張る糸にのぞみをかけて春を待つ

十二月八日　淵明が見た世と同じ世を生きる心を洗う詩を渴望し
南山に嘯いて見る冬の夜

十二月九日　ほおえみを生んで膚《はだえ》に射す冬陽

十二月十一日　凍て風に散らずうごめく者として

十二月十二日　玄冬に染まる夕闇武者一騎
折れた矢を肩に負う影凛として

十二月十三日　老庭師松の枝剪り世紀遣る

十二月十八日　ペダルこぐ今この時が繰り返し許さぬ生のいとなみとして

十二月二十一日　無季の薔薇呆けて冬至送る人
耀いて冬至を越えて立つ銀杏
回生を願い柚子湯で目を閉じる

十二月二十二日　陽が上る奇跡に対すいのちあり
もの枯らす凩の夜臥して思案する

十二月三十一日　大つごもり甕に松入れ海を見る

「一夜分の歴史」（一節）

中原中也

…………

…………

と、そのような一夜が在ったといふこと、
明らかにそれは私の境涯の或る一頁であり、
それを記憶するものはただこの私だけであり、
その私も、やがては死んでゆくといふこと、
それは分り切ったことながら、また驚くべきことであり、
而も驚いたって何の足しにもならぬといふこと、

…………

…………

二〇〇一年　正月
徐山亭　謹製

秋水泡語　巻の五

［二〇〇一年］

柳沼重剛という人の『図書』の小文から。

「人が思想を持ち得るのも書き言葉によって文を書くことによってであり、またそれ以外の手段では思想をもつことはできない。」

「内容の豊かなコミュニケーションをすることができるようになるのは、書き言葉を通じての学習によってである。おしゃべりを構成している話し言葉のかなり多くは、反射運動でしかない。」

「書き言葉とは、自分が使う言葉を、知性によって整理統御した文章のことである。……一、借り物の言葉で間に合わせないで、自分の言葉を持つこと。二、言葉を削り込むこと。三、言葉にリズムをもたせること。……」

「自分の言葉を組み立て、削り込み、磨きをかけることによって、人ははじめて自分の文体をもつことができる。そして、自分の文体をもつことがそのまま自分の思想をもつことに通じる。あるいは、その思想を自分固有の文体によって訴えるから説得力をもつのだという言い方をしてもよい。」

「言葉というものは、意味を伝えるだけに終わるものではない。」

一月十四日　この家にも雪は降り積む、降り積もる
その音はただ研ぎ澄ます心だけ聴くこと叶う雪積もる音
身をすくめ湧く力待つ吹雪の夜

一月十五日　旅人が雪の峠を越えた冬

一月十六日　寺の屋根ひときわ高く雪の朝

一月二十九日　自然に感動しなければ、句は口にまで上らない
生きていることを深く心に感じなければ、歌は生まれない
わたしはたのしまない

二月十三日　風邪癒えずじりじり鳶の輪に見入る

二月十五日　春雪に犬とおびえる夜寒かな

二月二十四日　ぬかるみに楕円のボール追う者は春まだ浅い土を味わう

「鬼の歌仙　2」

勉強し梅の香尋ね踏む氷
先達もなく黄塵を行く
倫敦の御者は海馬をよく肥やし
探しあてたる城外の春
ちぢこまる土筆に陽射しやわらかく
蕪村の筆が描く童よ
馬死んで老女幾たびさまようか
夢の内なるふるさとの春

三月三日　かすむ野に出て手作りの雛遊ぶ
ルノアールの光消し得ず春の雪

三月七日　草原の風を黄砂に聴く日かな

三月九日

岐路に立ち自由を選び去る人を送る宴終え月の夜道を

月光に梅白く見る酒後によく

さまざまの思いがよぎる酒後の床早春の空澄みわたる下

三月十日

春めいてバグ一匹を探し出す

三月十四日

風吹いて布団一枚減らす夜

三月十五日

待ちかねた春や蝙蝠踊りだす

三月十七日

海棠を植え替えて待つ老いの春

三月二十日

水の上散る梅は行く忘却と

片々と心砕けた末法は諭しの歌をただ消費する

三月二十三日　骨拾う外で童子の春の歌

人ひとり壺中に春と入りにけり

四月一日　愚痴悔やむいさぎよい花咲く頃に

花盛り望月までの得がたい日

四月六日　人生の夢幻を前に愚者として見極め得ずに散る花の中

四月七日　花曇り茶室に釜はしんしんと

菜の花を照らす夕陽が茶杓まで

蜘蛛の糸頼りくるくる樫の葉は若葉にゆずり春の涅槃へ

四月八日　「家人と油山に遊ぶ」

一山散万桜
春雨将欲降
不知明年来
亦得此会同

念仏も忘れた者の灌仏会　（テレビの映像）

ちりつのるはなにやよひのもちつきは
　ひとをのこしてくものへにさる　（太陰暦三月十五日）

四月十五日

消耗し葉を開く木の声を待つ

葉桜はまた花咲かす時を期す

四月二十一日

渇仰しそぼ降る雨に立つ牡丹

予知持たず雨に若葉を出す公孫樹

四月二十二日　映画『見出された時』を見に行く。

咲き競う花々の上柿若葉

見出した時を再び生きる春

行く時を静止して観る身心を希求して在る春の夕暮れ

四月二十九日　緑風が雨を走らす禅の時

五月十日　夜鳴き鳥移り行く春取り逃がす

五月十一日　花盛り髭の床屋の店の前

五月十三日　ため息は老いた式部か空木咲く　（チェニーも老いた）

春の蚊が掌に啓示するいのちかな

五月十九日　　臨界の核分裂で殺された人の番組息のんで見る

六月六日　　乾く田と声を出さずに麦雨待つ
　　　　　　夏風邪や倦むことを得ぬくらしあり

六月七日　　米国在住の華人に写真を送るのに添えて、詩もどきを作る。

「與張兄訪唐津」

昔 漢 使 来 白 砂 江
今 遊 子 楽 萬 里 交
鏡 山 眼 下 虹 松 林
初 夏 風 渡 海 陸 廣

六月十一日　　崩壊しなおまだ生きて母がいるわたしの悪をあばきだしつつ

六月十五日　　大いなる嘆きを嗤う哲人が世を変えるには行為すべしと

六月二十四日　遠く見て西瓜の種を噛んでみる
蚊遣火や永き薫習待つ身かな
掌中の胡桃の音を高くしてわたしを変える思案にふける

七月三日　かしましい世に低声で語る蝉

七月七日　乱調で胡蝶が踊る峠道
マジャールの舞曲に心浸しつつ夕暮れの海遠く見る夏

七月九日　向こうからイージーライダーかぶとして浮世の底を高々と行く
我こそは徒歩空拳で水の星羽衣も無く深深と行く

七月十一日　地に落ちて無窮花の無垢も潰え去る

人あって花のいのちは強きもの生死巌頭一筋の道

七月十五日　姿見の中の現し身人の生

「山」済んで午睡して聞く終い梅雨

雷神もオイサオイサと雲を追う

空の水みな打ち尽くし蝉一つ

七月十八日　蝶抱え蜻蛉は酷暑に身過ぎする

七月十九日　白鷺が首出し歩む田の青さ

七月二十四日　大きな樅は、その芯に人を蔵し
芽吹く春には、春なりに
紅葉せずとも、秋なりに
おおらかに育む

育み育み
自由な人のように
しなやかに立つ
やがて
枝々からはばたくものが

わたしは心《むね》に、大きな樅を蔵し
酷暑の夏には、夏なりに
凍る冬にも、冬なりに
倦まずに育む
育み育み
一本の木のように
しっかりと立つ
やがて
そこからはばたくものが

八月一日

大杉の頂越しに夏陽射し千年の時積もる谷底　（異国の森）

幾許の年輪となるか我が時空
夏寒や獄あった島渡る風

八月八日
生き急ぐ蝉の呼び声夜明け前

八月十三日
海風を入れて海見る夏座敷

「人生寄するがごとし、なんぞ楽しまざる」蘇　東坡

八月二十一日
翅折れて蝶は世界に感じ入る
白石も娘気遣う夏の果て

八月二十七日
寄り添って空蝉が住む木蔭下
空蝉の身に残響を聞く朝

木も人も水に飢えて夏過ぎる

運命と波のまにまに生きる意思
　五島から銚子のはるか沖まで漂流した人が救助された。

九月一日
全天に虫の声満つ願い満つ

仰臥する身を月光で洗う秋

九月三日
月にまで雲も流れる風の盆　（太陰暦七月十六日月齢十五）

九月四日
トキスデニカケガヘノナイアキノクレミハトラハレテオダハラカイギ

九月十日
紀の国の野分の音に木霊聞く

九月十七日
揺り椅子で揺れて見る萩暮れる海　（願望）

一寸の虫一町を被う声

九月二十二日　母の守り此岸も今はよい日和

九月二十七日　自転車のかごに花束街に秋

長広舌如来も今は口つぐむ世に勇ましい議論が満ちて

唐茄子屋政談を聞き微笑得て腹腔洗い秋茄子を食う　（志ん生）

十月一日　雲一時去って名月天の情

十月二日　昨夜は雲もにぎやかで
胸にもあった重いもの
今夜は月も円満で
星たち軽く遠慮がち
しばらく見上げて
またしばらく……

踵をめぐらし
わたしの影は
月の光と書斎に入る
電灯消した部屋の中
月の光は、本や何やにおさまった

十月五日
野の道の花に雀のむくろ置く

黒衣の人金木犀に触れる袖

十月九日
秋雨を眺める窓にある眼

十月十一日
十月の昼寝、友らを想いだす
老健で引き取る母は三日ぶり切断された時空に迷う

十月十三日
和歌浦バス待つ空のうろこ雲

紀三井寺せつない声の願い事　（今もそういう人がいる）
蟷螂も仰向き拝む大師堂
片男波四つの帆影白き秋

十月十四日

「中秋根来寺八句」から
根来寺を走る女の勇ましさ
闃消えて庭につわぶき水の音
秋の陽の波紋を軒に雨宝堂
大らかに大塔宝輪天高く
秀吉の打った弾痕秋日和　（野望むなしく置き去る歴史）

反歌

弾痕も今はなめらか大塔は秋の日中にのびやかに立つ

十月十五日

鬼蜘蛛が落ち葉捕らえる沖の海

マルクスの像に椎の実落ちる音

「人生識字憂患始、姓名粗記可以休」

十月二十三日

霜未だ天上に有り髪に霜　（霜降の日に）

十月二十四日

「狡兎死し走狗煮られる」この成句身をもって知る天下の秋に

南山の樹下で秋水海めざす

十月二十五日

蘇東坡の詩句「門前万事不掛眼、頭雖長低気不屈」に和して

蜜のごと白湯飲み送る老いの秋

十月二十七日

軾の詩に頭を低れる夜寒かな

豊穣に至り式部の濃紫

老犬が跛を引き衛る式部の実

十月二十八日

ＮＨＫの番組でブラックホールのことをやっていた。

奈落もつ三千世界めくるめく旅路の中のこのアラヤシキ

十月二十九日

「海蝶幻想」

蝶は行く青くはてなき秋の海

金銀の木犀散らす海の蝶

海超えて蝶は銀河の天空へ

コスモスの中で夢から醒める蝶

十月三十日

月は歌い人は露台を徘徊す　（快晴月齢十三）

十月三十一日

到来の柿のいわくもともに食う

満月を見上げていたら、今日宇宙は月を中心に、同心球状であることを知った。わたしの衰眼によれば、星星はその周縁を巡っているのだ。さてわたしはといえば、円い盆地の底にいるのであった。

十一月二日

秋寂ぶを『井戸の茶碗』を聴いて遣る　（志ん生）

名話芸破調を包むあわせ柿

十一月三日

露を飲む朝をまた得た「抜け雀」

十一月四日

阿蘇九重へ。

すすき原光あふれて仏仰臥

十一月五日　すすき野を渡り姿を見せる風

錦秋が徐調休止で降りる谷

十一月八日　虎として一頭の猫苅田行く

十一月九日　雷神はまさに神足時雨降る

しぐれ降る夜には悟る床の無い下は奈落の舞台の上と

しばらくは舞ってみせよう床の無い舞台の上の人間の生

十一月十七日　木枯らしや胸の奥から咳をする

行く秋の虚空をつまみ掌に入れる

十一月十八日　枝折戸を直して冬の支度する
あごもたれ冬の訪れ待つ式部
「美は厳しさ、また、関係である」……サルトル
十一月二十日　冬を待つ山は朝日と霧の中薄墨色で揺るがずに在る
十一月二十三日　父の忌で一家の節目迎えた日母の病はまた改まる
十一月二十四日　雁浮かぶ入り江は凪いで旅の途次
十一月二十九日　薬効は三省の時薬雨降る
十一月三十日　冬の陽は今落ちかかりクレーンの影は東の果てを極める
「錯乱」
甘い百合の香りがする冬のたそがれ

今は、この言葉が幻覚でない世界

世界で最強の国が爆弾の雨を降らせ
同じ空軍機が当の国に援助物資を投下して
それによって母子を殺す時代

「戦力はこれを保持しない」国の軍艦が
インド洋という周辺海域に出撃する時代
おお、グローバリゼーション
今は、言葉もむなしい冬の時代

百合の香りはその寒寒する世に
先駆けてか遅ればせかのすこしのなぐさめ
今は、そういう人の世

十二月二日

柊にこの家の鬼は去りかねる

十二月五日

母打って歯を磨かせる冬の朝

人責めてわたしの非力深く知るちぎれた腸を積み上げる日々

十二月六日　千年の冬を耕す東坡の詩

夜冷えてみみずに代わり上げる声

十二月七日　田作りを食べて冬越す力得る

十二月十二日　雨だれが智慧の石筍積むを待つ

十二月十八日　小人に使役せられる師走かな

愚禿には朝に夕べにしむ寒さ

現し身は夢中に叫び上げる者

十二月十九日　屈惑を抱いて師走の日向ぼこ

柊を見る鬼の白石知恵も無し

十二月二十九日　寒椿落ちてめだかの失せた池

十二月三十一日　大つごもり光輪を負う月は今歳の境の子午線よぎる

「月夜與客飲酒杏花下」

蘇　東坡

杏花簾に飛んで余春を散ず
明月戸に入り幽人を尋ぬ
衣を褰げて月に歩して花影を踏めば
炯として流水の青蘋を涵すが如し
花間置酒清香を発す
争でか長條を挽きて香雪を落さん、
山城の薄酒飲むに堪えざらん
君に勧む且く吸え盃中の月を
洞蕭声は絶ゆ月明の中
惟憂う月落ちて酒盃の空しからんことを
明朝地を巻いて春風悪しくんば
但見ん緑葉の残紅を棲ましむるを

二〇〇二年　正月
徐山亭　謹製

秋水泡語　巻の六

［二〇〇二年］

哲学者が言う。「生は詩の出発点であり、人間、事物並びに自然に対する生関係が詩の核心となるのである。」

「詩は、……諸々の生関係の内に存する出来事や人間や事物の意義を明らかにしようとする」

「生に内在するといふことは、生に対して諸々の態度をとることによって、即ち諸々の生関係によって実現される。これが「詩人は真の人間である」といふ大胆な言葉の深い意味でもある。故にかかる夫々の態度に対しては、世界はまた夫々の相を開示する」と（ディルタイ）。

別の人は言う。「いいえないもの、語りえないものを言葉として純粋な結晶として抽出すること」と（ベンヤミン）。

「しかし和歌と歌論の枠組のなかで、その「哲学」をある程度以上に深め、拡げることは、おそらく誰にもできない相談」（加藤周一）でもある。

それでも、わたしの愚痴でもあるつぶやきは、なんとか口をついて出て、人間の条件をかいま見せる。その数片が言葉の美しい結晶とまでなっていれば望外の幸せである。

一月一日　年頭に『荘子』を読んで無為学ぶ
知無く無力の者が無為をまねるのも無謀である。進退窮まる。

一月二日　初雪を残す灯籠咳一つ

一月十二日　いぶかしい人と連れ立つ寒の道

一月十四日　人形の頭《かしら》七十雪の里
雪しんしんやがて人形目を開く

一月十七日　いくつもの苦楽をなめて人はみなその運命を知って受け取る

一月二十日　大寒の朝日に樹々と並び立つ
音も無く遠く自動車行き交ってかしこの人と縁無きにしも

一月二十二日　ヒトニハコトバガムナシイコトガアル

一月二十三日　作り為すこれらの回路いつかまた思いめぐらす日々を求めて

一つずつ回路は絶たれ人を成すその物語消え果てる時

「百八十メートル掛け二百五十メートル四方の世間で見るべきほどのことは見たと君は言っているのかい？」

「ええ、もっと美しいものや雄大なものを見たいと……」

「昔わたしが言ったことだが、この世界は経験し尽くすことができないほどとほうもないものだよ。もっと広い世界に出て行くことを考えたまえ」

「しかし、世界に出て行くことはむつかしいことです。どういう工夫があるでしょう？」

「そう、たしかに。それを会得した人は少ないね。遠く退いて成功した人もいる。たいてい討って出て敗退するんだが。……うーん、その道を探すのが人生だよ」

「先生、それでは助言になりません」

「わたしも他の人間の工夫までは分からんということだ」

「…………」

「とにかく、心楽しむことに出会うまで、見つめ尽くしなさい」

一月二十五日　凍えてもささやかな美のかたわらに

二月一日　日はめぐる残り月にも霜降りて

二月三日　豆腐売る笛の音のする節分会

千回のため息をつき鬼が住む

二月四日　龍のひげ豆二つ置き春立つ日

二月八日　梅咲けば係ぐべからず猫と人

尋ね行く無可有の里土が降る

二月十一日　しろうおが海にとどまる名残り雪

二月十七日　ガンジスのほとりに骸焼く煙

幾千年人焼く火種燃え尽きず
臨終を生きるベナレス人という奇怪な者をあらわに見せる
人が生きるということを
賦に表わせば
……………………………………ここに尽くせぬ言葉あるべく
……………………………………
死ぬということのほかに
繰り出す言葉を終わらせるものはない

二月十八日
菜の花を胃の腑に入れて花となる

二月十九日
ただ春に会うために来た徒手の蝶

二月二十一日
「末法窟出土世間如此経断簡」海蝶居士訳出

国会であのような論議がなされた
彼女は聞いたと言い、彼は言わなかったと言う
全体これは危機にある国の重要なことだったのか
その日、わたしは金策に疲れていた
アーナンダよ、かくのごときものを政というのだ

どこかでオリンピックが開催された
彼は突いたとされ、彼女は手心は加えなかったと言う
全体そんな競技を明朗な精神で競えるのか
その日、わたしは職探しに疲れていた
アーナンダよ、かくのごときものを祭というのだ

地球で帝国が生み出された
彼が悪とは何かと言い、正義はこうだと言う
全体正邪を自分で判断しなくてよくなったのか
その日、わたしは胸を銃弾で撃たれた
アーナンダよ、かくのごときものを法というのだ

学校で教育にゆとりが作り出された
彼らは考える力と言い、ある者はその力が失われたと言う
全体人が人となる過程をいじくりまわしてよかったのか
その日、わたしは夜遅く塾から帰っていた
アーナンダよ、かくのごときものを知というのだ

テレビで曲士達のサロンが開催された
彼女はよしと言い、彼は違うと言う
全体これは仏国のサロンほどのものだったのか
その日、わたしは畑へ水を運んでいた
アーナンダよ、かくのごときものを和というのだ

…………………………………………

…………………………………………

その日、わたしは西蔵の高地を五体投地で歩んでいた
アーナンダよ、かくのごときものを…………

……………………
……………………
……………………

アーナンダよ、
このように、わたしは百の人生を遍歴した
そして、百の教えに出会ったのだ

アーナンダよ、
あなたは今、無量光の中にいる
あなたのすべてを見透かされている
さあ答えてみなさい

アーナンダよ、
あなたは、真実の世界を見ようとしているか
あなたは、あなたの真実の姿を見ようとしているか
あなたは、あなたの人生で為すべきことを為そうとしているか

二月二十二日　草原の奔馬砂塵にかげろう日

二月二十三日　山門の仏足冷える浅き春　（母の父の法事）

西方へ男女入り口違う堂

二月二十六日　行く時を凍らせる美に人は酔う

三月一日　春雨にけむる野を行く老いた仕手

腰少し引きおもむろに花の下

「なぜわれわれは文法上のしゃれを深遠と感ずるのか、とみずからに問え。
（しかも、これこそ哲学的な深遠さなのである）」……ウィトゲンシュタイン

三月二日　赤子泣く声や小雛を置く床屋

円形の白髪慰撫する春の風

「自己は主として〈頭の中にあり、頭と喉の間にある特異な運動〉から成っている」
……W・ジェイムズ

三月六日
木の芽時大きな息をする大地

三月八日
春の夜の夢に見知らぬ橋渡る

目覚めればこの者として春の朝　（また立ち向かう状況の中）

三月十日
春陽射しまぶたを超えて血に溶ける

百三の老人笑う「新聞で見始めるのは悔やみの欄」と

三月十三日
曲がり角木蓮に会い身を正す

三月十四日
　バス旅行、同行二人。

山道をつばめが春と来る馬籠
坂登る木曽路は今が梅の頃
木曽五木切った大鋸展示品
藤村の端正な文字草芽吹く

三月十五日

雪囲い取る日も近く霧の雨
朴葉みそ味わう萱を落ちる水
合掌の村の椿はまだ蕾

三月十六日

ゴンドラの眼下弧を画き滑る人
白山は浮世を離れ彼岸前

三月二十一日

天翔ける鳥船志賀の春の空

植木買い桜咲く道選び行く

三月二十二日

砂降って命数思う彼岸の日

分かち得よ受記をことほぐ明るさを

桃源の道を教える春の雨

きりのぼるさとのいとなみしんのひと

三月二十四日

「春の近江路に駄句を連ねる――安土」

麦畑に野を焼く煙近江の湖

花つぼみ安土の山に昼の月

うぐいすや伝何某の屋敷跡　（伝羽柴秀吉屋敷跡等）

石仏と菫をよける大手道

花冷えや信長《しんちょう》公の石の廟

天主無く湖西の山に残る雪

全山を今は一寺の総べる春　（総見寺）

木々芽吹く廃寺の塔は無声なり

まぶしげな仁王のまなこ春陽射し

菜の花や城址に犬がいばりする

万乗の主失い平安に今は楽土も檜の林

考古博物館、城郭資料館。

近江路に異国の館織田の裔

春耕の土ぼこり吹く湖の風

観音寺姿は見えず上げ雲雀

百代の過客を見つめ春入日

三月二十五日

「春の近江路に駄句を連ねる――寺社」

鴨見つつ稚鮎釣る人瀬田の川

唐橋に芽吹く柳を渡す風

石山寺

藤村の春の旅寝の茶丈とや

岩座に梅を咲かせる多宝塔

開花待つ天狗の建てた月見亭

一服で春を喫する芭蕉庵

石山の春や式部の般若経

春探す式部の部屋の暗がりの想念の中夢の浮橋

日吉神社

比叡から椿を流す神は時

日吉の杜春に誘われ猿と我　（サルに会う）

宮守は老いた仕事師春支度
高きより桜しだれる樹下の宮
春寒を侘びて神輿は歳を古る

三井寺

三井寺で白帆また見る春の湖
観月の舞台の上の花・比叡
戸を閉める止観道場ぼけが咲く
夕陽さす三井の鐘楼春の月
鐘鳴って止観の時や春の暮れ

春宵を惜しみ見上げる淡き月

山に入る疎水は御井の寺の下桜待ちかね尋ね行く人

弘文の霊を鎮める園城寺閼伽井屋の水音絶えず湧く

ほおえみを円空仏に誘われて同化するまで金堂巡る

八面に一切経を蔵す堂如意法輪は我が春の夢

三月二十六日

「春の近江路に駄句を連ねる――粟津、湖」

旅衣スプリングコート着て芭蕉塚

木曽殿をとむらう人の終の宿

想念は枯れ野を守る地蔵尊

義仲寺を墓地に選んだ意思偲ぶ

巡る春芭蕉と愛でる膳所の朝

　浜大津から湖に浮かぶ。

法螺鳴らし比良八講の春迎え

春画す天台座主の浜祈祷

比良越える風やわらかく八講が琵琶湖を巡り平安願う

　船は名をみしがんと申す大船にて、一葉を浮かべるといふ趣から離れ大きな音をたてつつ湖上を進めり。半ば夢中に時空をへめぐる、

ずんずんずん、車輪を回し船が行く
近江八景変わり果て
いにしえの志賀の都に……

コンクリートの建物と、鉄道さらに高架道、
それでも琵琶湖は大きくて
なんとか人を生かしている
わたしもなんとか春を娯しみ
ぼんやりかすみを見つめている
水をかく音、ずんずんずん

反歌
鴎鳥影と連れ立ちまっすぐに湖面を滑りかすむ彼方へ

三月二十八日
赤福にめでたさ貰う伊勢の春
西行の桜と月を詠む歌は生死の覚悟美しく問う
言明することは覚悟を強いものにする。

三月三十日
木を植えて花海棠と昼の夢
白江の月に海棠眠り得ず

三月三十一日　蝶が来て利休梅散る一二片

四月二日　藤の花世に生まれ出て空染まる

四月三日　春にして亡者の城を脱し得ず

四月五日　蝶となれかの漆園の小吏とも

英国『エコノミスト』誌が、「日本の悲しみ」という表題で「長くゆっくりした衰退」を取り上げているそうだ。その社会の中にいて実感する。

春愁に「日本の悲しみ」身に沁みる

四月七日　蝶の子を殺す薬を撒く日和

薄茶飲む荘子のことば腑に落ちず

四月八日　春がすみまた桃源に近く在り

花祭り蓮華畑をとぶ少女

同室で書を読む蜘蛛が袖よぎるわが頼るべき糸を紡がず

四月十日　土降って有象無象を埋め尽くしただ一人でも立つ者よ立て

四月十七日　難題に痛む胃で食う新わかめ

四月十八日　皆花が咲き急ぐ世に咲かず在る

四月十九日　耳澄ます森で緑が湧く音に

樹々照らす光が緑の粒となる時の刻みを見つめる正午

四月二十日　酒後の夢醒めれば春の深い闇

四月二十六日　春の空銀の波間を金色の光輪放ち月進み行く

小事成り山吹が散る胃の痛み

四月二十九日

「安息日」

一服飲んで
正しい姿勢で
頭を北に
右腹を下に
赤い毛氈の上に
横になって、
山の庵で
春の海と
名づけられた
つつじを眺めていると
風に運ばれ
小賀玉の
かすかな香り、
このまま涅槃に

入ろうか

鍵盤の玉《ぎょく》の鳴る音風踊る

楽聖の曲に安息四月尽

五月一日

深々と水を湛えた心海は波に揺るがず思惟を育む

五月三日

大海に蛙鳴く闇森の道

五月九日

荘周も天地の椰に蛹の身

五月十二日

目を細め光る風見る画家として

五月十三日

ゆとりの無い視野狭窄を射抜かれる落日の後輝く者に

五月十七日

「こんばんは」機嫌よい児の挨拶に一呼吸おく行く川の音

五月十九日　小庭のほたるぶくろは背伸びする

木の影が障子に揺れる夏点前

五月二十一日　新調の日傘を回す老婦人

じゃがいもの畝で雀が花仰ぐ

五月二十五日　あじさいと海と月見る月見台

五月三十一日　樹々育つ倦怠の時五月尽

明滅する定め蛍の息する間

六月三日　地の底を這う者として霧の中

六月八日　日よけ帽かぶり竪穴住居掘る

幾千の初夏の日差しを埋めた場所

六月九日

海のかた今という時示す塔

六月二十日

梅雨曇り坐忘に未だほぞを噛む

百日紅未開の時に彫琢す

六月二十一日

わたくしは右往左往し夏至いたる

渇く樹々天啓もなく皐月晴れ

池埋める人に空梅雨黙示する

六月二十二日

梅雨寒や犬が静思し低く鳴く

六月二十六日

水の田を緑に変える陽の力この身を染めて変成させよ

行く時とともにくずれる色身を解き放つ法陽に見つめつつ

七月二日　梅雨晴れ間海馬瀕死の黒き洞

七月五日　説き来たりまだ残る道めまいする

七月十三日　初蝉が自転車を抜き路地を行く

七月十八日　早足で行けば木々から夏の声

事成らず苛立つ腹に一輪の月下美人の香りを入れる
　実に小さなことが日々の大きな関心事となる。

七月十九日　あでやかな花も一夜でしおれ果ていのちを巡る葬送の雨

梅雨行くか妻の寝息のおだやかさ

願いあり麦茶が腹にしみる朝

八月一日

遠い花火を電気を消した書斎の窓越しに見る。

遠花火遅れて届く音響が闇に光をまた解き放つ
光彩をとどめる瞳闇に在り我と世界の始原の場所に

八月八日

朝の陽に蝉のいばりと淡き虹

盆

暮れる海無窮花が落ちる須臾の時
虫の音に気づく遠くで盆踊り
君が代を歌い不戦を誓う日に猫背の人が式辞を述べる
この秋に有事法案再度出す首相は不戦はぎれよく言う
これがまあわたしの国かぞろぞろとこっかいぎいん靖国参り

映像がこれらすべてを映し出す感受する人無いかのように
この国は普遍の価値を貶めてその精神を明日に開かず

八月二十五日

「建仁寺展」。
風神と雷神と我三角の頂点に立ち面相比べ
友松の画く芍薬も松の友
画中の人背を斜めにし美の化身

八月二十八日

イランの映画監督・作家のモフセン・マフマルバという人の言葉、「（バーミアンの）仏像は、恥辱のために崩れ落ちたのだ。アフガニスタンの虐げられた人びとに対し世界がここまで無関心であることを恥じ、自らの偉大さなど何の足しにもならないと知って砕けたのだ」

人絶えて誓願空し石仏は菩薩たりえぬその身を砕く

八月三十日　早起きの蛙と目覚め井の底で降る露を飲み天地を思う

八月三十一日　青稲田分けて野分が海を行く

九月九日　にんげんのみにくさをみるとんぼの眼

きりぎりす樂を奏でる徳ある士

九月十一日　願いつつ窓を開ければ白い萩

九月十二日　知恵足らぬアダム糊口に梨を食う

九月十四日　海を見に行く。

蝶となり白帆広げよ青北風に

玄海は本日青し秋にして
果てしない青や無窮花を散らす秋
鶏頭が海風に立つ秋旱
散文で詠え白秋乾く海
宵闇に二見が浦は銀鼠
星宿も自然の法に流転する人は此岸で寄す波を見る

九月十八日
草刈ってたばこ吸う人稲実る
草刈った畦に水引き曼珠沙華

九月十九日
秋陽射し白壁の家野に据える

九月二十一日

幾人が守礼の門を通り得る塞ぐ戸無くてなお狭き門

時統べる王は滅んで漏刻の門に日影の短い秋よ

千秋の美醜見て立つ首里の城

島の秋御嶽石門閉じて在り

龍潭で名月を食む錦鯉

九月二十二日

四千の自決の壕や野分あと

「過去帳って何?」と若者ひめゆり資料館

惨い死の遺影の並ぶこの部屋を「彼等」の執務する部屋とせよ

少年は摩文仁の丘の木の下にかえり見て立つ死を迎えた日
　ただ詠じるだけで、この人間の状況を変えることはできないのか。

幾条もの光となって彼岸の陽慶良間の島へ入る時の中

九月二十六日

方丈に花野を生けて世界観る

蟷螂を踏んで巡検する亡者　（巨漢の亡者を見かけた）

添水にて亡者退け茶を喫す

彼岸過ぎ生者は花野遠く見る

蟷螂は世界を変える斧持たずただ見極める人と亡者を

九月二十八日

霧のぼる南山を出る無碍の風

河原に並べた灯籠を見に行く。

灯籠を河原に五千虫騒ぐ

灯籠に蓼の絵かいた子供の名

映る灯を水面に止め川の秋

宙に浮く文鎮幻視九月尽

九月二十九日

目の前をするする蜘蛛が降りて行く地上を探る測鉛として

食われずにしっかりと立つ秋なすび

十月十二日

音楽で三十年をふり返り見出す我はこの者として

あれこれのものも半ばに時過ぎて我が変容をなお願いつつ

うわ言に「父は兵庫の……」と言う母と並んで座り更ける秋の夜

十月十六日

天高く仰いで今日も地を歩む

十月十七日　自転車で秋海棠が野道行く

汗かいて振り出しにいる秋の暮れ

秋雨や香煙ゆるく古き堂

十月二十一日　減反の荒れ田ぼうぼう暑い秋

読「素月を信ずる心」、於露台仰観十月満月

夜寒の月を仰いで首をかしげたら星が飛ぶのが見えた

十月二十五日　秋晴れに月幻視して肚すえる

火の山の便りに今は初氷

十月二十八日　末の世に無窮花を散らす初時雨

一株のコスモス万象そこにあり

十月二十九日
「世界という広大な言語の統辞法」つたなく一つの語を探す我

十月三十一日
老いる秋が天の雲地の煙となった朝、
ガリレイ温度計の緑の玉が静かに浮かんだ、
その無言の深い緑が言い尽くせぬように語る。

十一月一日
時雨降る道はるかなり蚯蚓行く

十一月二日
かみなりが時雨を走る息長く

十一月六日
山腹の鳥居に向かう秋の蜂
願かけて翅あたためる秋の蜂
ともかくも堡塁探す秋の蜂

十一月七日　椎茸をかみなりが出す冬立つ日

十一月十二日　春の使者黄砂紅葉の上に降る

十一月十三日　金色の柩車小春につとめあり
黄金の輦で小春の日の下を行く者として深く息吸う

十一月十五日　砂浜に延々ＴＶ顕示するいま人の世がここに漂着
徒手にして桜紅葉の下を行く憂い顔した騎士の姿勢で
生と死の境を生きる人間のつむぐ言葉は行為をめざす

十一月二十四日　崩壊を見る眼を閉じて日向ぼこ
この我も崩壊の中枯れ木立つ

光明がことばの配置変えるまで気の遠くなる時間に耐えて

十一月二十九日　音消えた冬田の闇を行く鹿の子

十二月三日
　狂歌「冬の嵐の夜」
ぽんぽんの党首大見得切りそこね冬の嵐に立ちすくむ国
立ち往生「骨太改革」委員会瀕死の国を見棄てたままに

十二月七日　冬暖かはぐれ鳥の道遠し
散りぎわの黄葉内から火照る色
実存を生かす力を今の世に見出すすべを探ね行く者

十二月八日
　老人短期滞在所の白板に「今日は戦争の始まった日」と書いてあった。
戦争の記憶置き去り老いの冬

人間の条件見つめ軒の柿

十二月十三日　冬凪は歴史の波の目撃者

詩句二三うそぶく者も冬の中

十二月十四日　霜おりた野も幻郷に人誘う

十二月十五日　山居図を無限に遠く年の暮れ

ＮＨＫ日曜美術館で富岡鉄斎をやっていた。

十二月十六日　変え得ない場につれ戻す酒後の柿

十二月十七日　症状を断層写真が証しする意味をむすばぬ領野黒々

十二月十八日　目覚ましを小わきに冬の野の夜道

明日覚醒しあること願う

十二月二十一日　風向計滅びを指して年の暮れ

夏柑に十日を残す暮れの雨

し残してキャベツ畑へ向かう人

十二月二十二日　短か世やいよよ年の瀬うたた寝す

十二月二十四日　人皆が浮き足立って暮れる年午睡から覚め目をしばたかす

十二月二十六日　杉林伐られ野際は寒寒と

自然は人事に無関心、マスコミという人の機関も同然だ、お金に窮した絶望者が多くいて、中には乱暴に銀行を訪れる者もいる云々、さて、天は、暮れの一日明るく照って、屋根を光らせる、富んだ家も貧しい家も、昔から言うその時山は眠っているのだと、行き交う車は人事を乗せているのだけれど、人も手足を伸ばして眠れるならば、世の中明るくなるだろうに、できない相談だけれども、わたしを通り過ぎる時を達観したいもの、禅者のように。

十二月二十九日　冬の庭に対す一輪利休梅

十二月三十一日　行く年をアランの詩論読んで遣る

内海をさざ波と行く除夜の鐘

ウィトゲンシュタイン

ものの名を問うことができるためには、ひとはすでに何かを知っている（あるいは、することができる）のでなくてはならない。

哲学とは、われわれの言語という手段を介して、われわれの悟性をまどわしているものに挑む戦いである。

哲学は、最終的には、言語の慣用を記述できるだけである。

哲学はまさにあらゆることを立言するだけであって、何事も説明せず何事も推論しない。

ひとは哲学する際、ついにはいまだ不分明な音声だけを発したくなるような段階へと到達する。しかし、そのような発声は、一定の言語ゲームの中にあってのみ、一つの表現になっているのである。言語そのものが思考の乗り物なのである。

『荘子』　夫れ大塊我を載せるに形を以ってし、
我を労するに生を以ってし、
我を佚にするに老を以ってし、
我を息わしむるに死を以ってす。

二〇〇三年　正月
徐山亭　謹製

秋水泡語　巻の七

［二〇〇三年］

アランが詩について語る言葉はほとんど人間の核心を明らかにする。

「詩は魂の鏡である。この律動をもち韻をふんだ言葉の不可思議な助けなくしては、意識は機械を超越した彼方に目覚めることは出来ない」

「精神は自己の内的生をよりよく把握し、またこの詩の働きによってそれを解放する」

「詩は喜びにもいっそうの堅固さを、事物のようなすがたを与える」

「詩は外界の対象によってのみわれわれの思想を規制する」……

「美しい詩の一編は、果物が熟れるようにゆっくりと熟れてゆく」

「詩人は、……この生命のリズム、それから出発し、それを乱すことなく語を呼び集め、抑揚、諧調、音の響きにしたがってそれらを配置する。そうやっておのれの思想を発見するのだ」

「歌は生き、耐え、克服するための一方法」……


智顗の「虚空のなかに樹を植えて華を得……」という言葉に付き随い、

止観して四季に華得る時を待つ

一月一日　初あられ地をはねおどり明ける年

今生にはねる霰の一つとして

一月三日　果てしなく繰言を繰る老いた母言語＝世界の残る一筋

一月四日　初雪に凍えて友と会う夕べ

一月十日　目を閉じてコトダマを聞くステーション

雑踏に厚着した顔千の顔

内と外冬の夜汽車の窓に見る

ヴァレリーの年譜見ながらぼんやりと夜汽車の揺れに体あずける

一月十二日　朝ぼらけ船はエンジン響かせて航跡長く湾奥を行く

一月十五日　雪中を烏帽子の鳥が食探す

一月十八日　目覚めればまだ明けやらぬ床の中とりとめもなく思念はめぐる

一月十九日

「一試験監督者の願い」

その昔　抜群の成績で科挙の試験に合格した人がありました
その人はまた　時代に抜きん出た詩をつくり
その才知ゆえの不遇が　その人となりを深くしました。
そのまた昔　科挙の試験に及第しなかった人がありました
その不遇は　その人を大きくし
その詩を高みへと到達させました。
そのまた昔　試験にも地位にも無縁な人がありました
その選びとった境遇は　その人を遠く導き
その詩は　詩と人のあり方の手本となりました。
その人たちは　それぞれの生を豊かなものにし
その詩は　人の心深く届き響かずにはいません。

今　新しい試験制度にいどむ若者たち

成功する者も　失敗する者も
試験によらない道を目指す者も
その前途に　可能性を開花させますように。

しかし、疑問の多い入試制度にかり出された者は、身心を消耗するのでもあります。

一月二十七日

官制の乾燥無味の監督を完了しおえ寒の日々行く
美しくないことをして不条理な身心を乗せ車駆る道

一月二十九日

わたくしを雪ぐ雪降る雪に立つ
わが家に寒さはつのる介護度五

二月五日

新春に大音声の冬の雷

二月十一日

「藤田省三の宣告に立ち尽くして」
おお、全ての言葉が嘘になった時代

はたして五七の言葉の僥倖にたよって
あるいは新奇な言葉の組み合わせを分かち書きして
詩歌に似たものに近づけるか

おお、全ての言葉が嘘になった時代
黙して見つめ尽くすほかに世界を賛嘆し写生することが可能か
不分明な音声をうそぶくほかに抒情の可能性があるか

おお、全ての言葉が嘘になった時代
言葉によって何かを創り出すことができるか
おまえのつぶやきさえはたして行き届くか

おお、全ての言葉が嘘になった時代
まだ生きているものがあることだけが一筋の希望
静まった宇宙に律動や調べの残響を聞け

二月十五日　　桃源を知らずに過ぎる梅の土手

二月十九日　憤り知って雨水《うすい》が肩なでる

二月二十日　風神が冬の雄叫び春間近

二月二十四日　春雨や磁針は今日も北を指す

春耕も雨読も塞ぐ世にあって磁針と並び痩躯を保つ

二月二十六日　この家にも季節の恵みしらす食う

二月二十八日　二月尽眉間のしわを抱いて寝る

三月二日　荒れる胃に遍歴し来たヨーグルト

三月七日　岡城の石垣を飛ぶ藪椿

石仏のひざで春寒侘びる草

磨崖仏見て食う春の小鯵寿司

三月八日

山の湯に逗留せよと春の雪

三月十二日

東城に梅の残り香尋ね行け

三月十四日

身心脱落《とつらく》ストック香る闇

雨煙る闇に辛夷が花開く

三月二十一日

朝茶漬け啜って見入るイラク戦　（彼岸の中日に）

着弾の炎に命砕け散るテレビ画面が見せぬ血しぶき

クラウゼヴィッツの政治がまがまがしいと驚くな
古来人間の政治で血みどろでなかったものを数えてみよ
メフィストフェレスがそう言い
わたし、ファウストは、美味なリゾットを食っている。

三月二十五日

Live にて彼の湾岸の戦見る死の幻影は彼岸にあらず

同僚が誰が聞いても理不尽な仕打ちを受けたのを、わたしはなんの力を貸すことも出来ない。一休禅師の言う人生の一里塚の日、いつもより遅く建物を出たら、既にシルエットになりかけの風景が胸の奥深くに何か語りかけてきた。

春がすみ暮れる地平に樹々が立つ空なる意味を試みながら

三月二十七日

廟の名は瑞鳳の殿彼岸過ぎ

みちのくの春まだ遅く殉死した人の数ほど卒塔婆が立つ

三月二十八日

襖絵に囲まれ春の夢を見よ

三月二十九日

金華山帰路は銀波の春の海

三月三十日

支倉の墓へ椿の坂上る

四月二日　窓越しに花見する人「Be patient.」

四月三日　潰瘍の因をつくった悪人を話題に見舞う力無き者

精神の本来的なあり方をよく体得し世界見据える

G・ベイトソン『精神と自然』読了。

四月四日　娘から貰った傘で花の下

四月五日　蝶、鳥、魚、犬を識別して名を言えぬ時が人には来る。

眼は開いて物を認識できぬ人限られた名の幻影の中

アメリカ合州国によるイラク征伐、統一地方選挙……と、世の中は移り行き、わたしも私事に執着して日々を過ごしている。不屈のガンジーにも、「わたしにできることは、ただじっと成すことなくすわって、歯を食いしばっていることであった」という時があった。

四月十四日　わがことにとらわれている間にも森の若葉はすでに湧き出す

四月十五日　脚一つ欠いた犬行く赤芽垣

四月二十一日　無句にして春全開の時過ごす

四月二十二日　陽に酔って窓のガラスを払う蝶
目を閉じて蝶の謡いを聞くあわい

四月二十五日　饅頭を下賜され龍馬ふところ手

四月二十六日　小手毬の水替え感受整える

五月一日　惜春の情を埋める身の重さ
軽やかな蝶も夢見に終わる時

五月四日　英人と青葉を見やる露天風呂

五月十七日　広大な白雲の上すきとおる果てしない青飛ぶ孫悟空　（旅へ）

窓閉めて五月の光さえぎって皆仮眠する天の鳥舟

天下るときはいかなる神の名を負うてこの身は振舞うものか

窓超えて地平に沈む太陽が機中貫く北欧の九時

五月十八日　教会の鐘に五月の桜散る

「サン・ファン・バウティスタ号余聞」

＊＊様

三月末サン・ファン・バウティスタ号を一緒に見学できて喜んでいましたら、今度十八日から二十日までストックホルムであったワークショップに出席した折に、ヴァーサ（Vasa）号という海底から引き上げられた帆船を見る機会を得ました。二カ月足らずのうちに十七世紀初めの二つの帆船を見て感興を覚え、貴兄に聞かせたくなりました。しばし、お耳を拝借します。

サン・ファン・バウティスタ号が出航した十五年後、一六二八年、スウェーデンが国を挙げて最新鋭の軍艦を建造しました。長さ61ｍ＋bow-sprit ８ｍ（舳先から船尾まで47・５ｍ）、メインマストの高さ52・５ｍ。石巻市サン・ファン館をインターネットで覗いたら、バウティスタ号は全長55・35ｍ、高さ48・８ｍということで、わがバウティスタ号の方が小ぶりであります。初航海を迎えたヴァーサ号は上下二層のデッキに重砲を並べ、国王の希望によりマストも高めにされた威風堂々たる雄姿で現れ、貴族市民が見守る中、乗組員の家族も乗船したお祭り気分に浸っておりました。そこへ一陣の突風が吹いて船は大きく傾き、砲門からどっと海水が流れ込み、ついには渦を巻いて海底二十数メートルに沈没したのです。女子供を含めて三十余人の犠牲者が出る惨事となりました。以来三百数十年間海底にあったその船を引き上げて博物館に展示しているのです。95％以上が元の素材で復元されたその船は、板の端々が腐食して異様な外観を示しています。それだけによけいに最強の軍艦という印象を与えます。

バウティスタ号の方は、仙台藩という一地方の経済的な条件と、初めて日本で竜骨を持ったヨーロッパ式の本格的な構造船を建造するという技術的な条件から、既存の設計図を元に建造されたと想像されますが、現に太平洋を横断したのですから、まずよく出来たと評価できるでしょう。

さて、ブローデル著『地中海』、ウォーラーステイン著『近代世界システム』によれば、一六世紀後半にヨーロッパ経済の重心は、イタリア・スペインの地中海からオランダ・イギリスの北西ヨーロッパに移動したのでした。その中心都市アムステルダムが、以前にはハンザ同盟諸都市が支配していた北海・バルト海交易を掌握するようになっていました。バルト海沿岸諸国の物産はアムステルダムに集まりました。その時、スウェーデンはバルト海で頭角をあらわそうとして先の事件が起きたのです。オランダは北海・バルト海交易での有利な立場から、大西洋に乗り出したのです。オランダ・イギリスは、ポルトガル・スペインの後を襲って、北米東岸、南アフリカ、インド、東南アジアへ進出しました。

環シナ海・東南アジア諸国交易へのポルトガルの参入はその交易を刺激し、九州人、琉球人、明人、（倭寇）、東南アジア諸国人達が一層活躍する時代になりました。スペインは、ローマ教皇の裁定により名目上西から（アメリカ側から）進出し、フィリピンを領有しました。遅れてオランダ・イギリスも進出してきて、ヨーロッパの四カ国が極東の九州・西日本まで来て鞘当を演じました（この頃の影響が現代の東ティモール問題にまで残っています）。日本人町が東南アジア諸国に出来たのは、こういう情勢下でした。西日本は世界と交わる機会をつかみかけていました。これが、兄の関心をひくヨーロッパと日本人の接触の舞台であります。スペイン・ポルトガル人によるキリスト教の布教もこの世界情勢を背景としてなされました。

日本の辺境にあって遅れて近世日本に参加した伊達正宗は、秀吉の朝鮮侵攻に参軍し九州島の活発なヨーロッパとの交易を見て、参入を希望したに違いありません。一方、オランダ・イギリスに押されていたスペインは、東北沖を東流する海流に乗る北太平洋航路が自国の領有する北米西海岸に通じる比較的安全な航路であることに目をつけたのでしょう。両者の地政学的な利益が一致して、支倉常長のスペイン派遣が企画されたのです。サン・ファン・バウティスタ号は、支倉らがヨーロッパに行っている間に一度日本に戻り、再び支倉を迎えてフィリピンまで帰り、そこで支倉は別便に乗り換え日本に戻ったようです。オランダ艦隊に圧迫されていたスペインは、サン・ファン・バウティスタ号を買い上げ、自国艦隊の増強を図ったと、サン・ファン館資料は述べています。

こうして、極東の島国の辺境とヨーロッパの半辺境のスウェーデンで建造された二隻の帆船は、一七世紀第一四半世紀の国際情勢の下でつながっていたのでした。

日本がヨーロッパとの交流を続けていたらどうなったかという歴史の「もしも」という問いがよぎりますが、しかし、日本は鎖国へ向かい、支倉は不遇な晩年を過ごしました。わたしの訪れたひっそりとした支倉の墓は複数の候補の一つにすぎません。資本主義経済が立ち現れて来たといっても、ヨーロッパ経済は世界を一つのシステムに統合するほどではなく、四国の極東貿易は中継貿易に過ぎず輸入超過でした。帆船は、何ヶ月もの航海を要して、鎖国を押し止めることはできなかったのです。それから二百数十年後、産業革命を経て自国の製品の販路を求めるようになったヨーロッパは、蒸気船という交通の革新によって再び極東の島国に到来しました。日本を世界に組み込んだのは前の時には存在しなかった新興のアメリカ合州国でした。一九世紀日本は、その潜在能力の先駆的な現れとして、サン・ファン・バウティスタ号を持っていたのです。村田蔵六が招かれて新しいヨーロッパ式艦船を建造した（蒸気機関を作ったのは日本の職人でした）のが宇和島というのは、単に賢侯がいたという偶然ではないかもしれません。伊達宗城の頭の隅には、先祖のサン・ファン・バウティスタ号建造の昔話があったはずです。

一九世紀世界経済の中心地であったロンドンから東京まで、今日の飛行機は十一時間でわたしを運んでくれました。ニューアムステルダムもといニューヨークの金融街の動きが、わたしの旅行費用の多寡を決め経済生活に影響を与えます。四百年の歴史の展開をふり返ると感慨尽きないものがあります。

再建あるいは復元された二隻の一七世紀の帆船が、わたしを歴史の連続の中に立たせてくれました。

五月二十九日　西日射す薄暑の壁に蝶の影

六月六日　あじさいを巡って飽きぬ蝶一人
六月七日　手ずからの庭にめぐみの金枝梅
六月八日　風受けるほおのふくらみ枇杷の種
　　　　　盛り上がる匂いの森や栗の花
六月十二日　蛙鳴くかなたに都市の百の音
　　　　　ガザからの砲声届く初夏の闇
　　　　　閉塞の無明、有事の秋《とき》を待つ
六月十三日　触針を伸ばす胡瓜は庭の内
六月十五日　草原で睾丸を食うタレント嬢　（ＴＶの映像、羊のもの）

六月二十一日

新聞土曜欄に中国女性革命家の秋瑾が「秋風秋雨愁殺人」という言葉を残して刑場の露と消えたことに材料を得た記事があった。ふと、対句が浮かぶ。季節はずれであるけれど、俳諧をもって反歌とする。

春風春雨惷殺人

はるとあき過ぎて白頭春愁う

六月二十二日

『摩訶止観』読む耳に聞くほととぎす

わが念に法の托卵ほととぎす

夏至の日の日中を急ぐ消防車

百円で労働を買う労働者搾取と疎外商うショップ

六月二十三日

水田に百万の円描く雨

六月二十五日　雨安居の朝餉争論具足の身

六月二十八日　掌中の胡桃かちかち音を立て如意と不如意のこの世を示す

新聞の広告の欄知った名を見つけて思う趣味の雅と俗

六月二十九日　夏点前ゲームを知らぬ座の一人

半解の七字の句を見、薄茶飲む

半夏生、貧家の茶室、仮の床

七月一日　傘逆に開く子と行く通学路

萩散らす雨に未開の百日紅

半夏生暮れて狂語を聞く修行

おもむろに頭めぐらし撃つヤモリ

七月七日　フンボルト目隠しをして大学の変質を見る悲しみ耐える

その知性鍛えたこともない者が痛みもなしに学府扱う

夕刊に、予算削減による国立大学の機能の縮小に抗議して、ベルリン・フンボルト大学の創立者ともいうべきフンボルト兄弟の銅像に目隠しがされている写真。その基本理念は、「知性の使い方を訓練する」ことだった、と。

白き蛾がヤモリを弄し飛んで去る

七月九日　単衣干す書斎に夜風招じ入れ

七月十日　夏の朝歩幅小さく走る人

七月十二日　雨を逐え祭半天着た子供

七月十三日　日本の軍が万里のバビロンに使役せられる防人として

七月十四日　屈惑に山近くある梅雨晴れ間

七月十五日　六つ七つ初蝉名乗り時運ぶ

七月十七日　広い運動場の周囲を、フードまでかぶって、日焼けの手当てをして、夫婦であろうか、男が前を、女が二十歩後ろから、規則正しくひじを曲げた腕を振って、正確な歩調で歩いている。乾いた運動場には、水の流路が残って、低い雲がそれをながめている。……

七月二十三日　梅雨明けを待てず燕が演舞する

七月二十六日　藤棚の下でやすらぐ夏陽射し

緑陰に無数の円を陽は結ぶ

いくつもの太鼓の連打土用の夜

遠ければ太鼓の音は熱狂を冷やす夜風に静かに響く

七月二十九日　おろおろと歩く人あり戻り梅雨

七月三十日　夏田行く赤いバイクのポストマン

七月三十一日　突き進む飛行機雲が天画し梅雨の終わりを高らかに告ぐ

八月五日　存在の不思議を踊る極楽鳥

「舞いなさい」

舞いなさい
タンビカンザシ風鳥よ
人間のいかなる衣装も
いかなる名手の振り付けも
君にかなうはずはないのだから、

舞いなさい
タンビカンザシ風鳥よ
胸元の、人には再現不能の輝きを発して
六つの黒いかんざしを絶妙の間隔に広げて
その形姿と舞踏はまさしく君が勝ち得たものだから、

舞いなさい
嘆美の舞を
タンビカンザシフウチョウよ。

八月二十九日

無窮花落ちやがて虫鳴く沈思の夜

八月三十日

数々の夢幻の如く遠花火夏の終わりに我ここに在る

雷鳴も轟き渡る遠花火

秋立てば遠きかのもの有縁なり

雷光が全天照らしなにものがこれこのように来たかを示す

八月三十一日　この国のあの戦争の映像がかすむ眼通し心《むね》を貫く

九月一日　小人の権に高邁窒息す

九月四日　黒蝶が連れ立ち夏の果てを行く

九月十日　夏去らぬ照葉樹林の中を行く

風に秋大吊橋に揺られ立つ

九月十八日　有り体をせつせつ歌うキリギリス

ああ世界が秋の夜としてここに在る

九月二十一日　商店のビニール袋舞い上がる長いデフレの圧力の下

九月二十二日　若き僧バイクに地図を持つ彼岸
　　　　　　秋旱猫の血乾く道を行く
　　　　　　南天の木を抜く人の秋彼岸
九月二十六日　白秋の風にあおられ黒き蝶
　　　　　　青北風の吹く海を見る志賀の白水郎
十月二日
　「無題」
かつてあった
感じているこの享受が
現実に望み得る至福の時であるという時間が
今、そのような時間の享受を
望むことが許されてほしいものだ
かつてあったと

十月三日

壊死しつつ我が神経の先端がその情況を刻々知らす

何のため人は生きるか寅さんが答える場面なるほどそうか

十月六日

五斗米を「改革」という演技して稼ぐ世の中ただ呆然と

気息持し天地の間に、秋の暮れ

「注釈 1」

「正しい気息によって生きなさい」と五柳先生は教え

「いかに死ぬかを学びなさい」と元法官は説いた

「注釈 2」

愚鈍の身は開口かろうじて息し

貧朴の心は決悟を探しあぐねる

十月七日

「蜘蛛が恃む糸」

わたしの肩にクモが降りて警句を吐いた

「蜘蛛の智慧はたかが知れているが
わたしは立派に生きている
今天上から降りてきた、と言っても
君にはそれを否定できないだろう
堂々と生きている者を
　誰も見下したりはできないものだ」
そう言うと、クモはまた昇って行った。

十月八日

梔子ももう一度咲く十三夜

渋柿のたわわを磨く十三夜

十月九日

　「月を仰ぐ種族」
昨日、十三夜を楽しめたら
今日は、十四日の月が美しい
少し雲があるが清らな月を見上げて
秋の夜をいつまでも愛でる
それがわたしの国の不易の慣わしだ

そんなに見上げていたら首が痛いだろうって
いえいえ、長い間の習慣でわたしたちの頭は
少し上をむいてついているのです
心ゆくまで天を仰ぐことができるように
それがわが種族の印しづけられた特徴だ

それではこまるだろうって
いえいえ、世間の暗い面を見なくてすむから
清浄な心もちを保つことができる
くるしいことがあっても耐えることができる
思いは地球を超え出るのだから
それがわたしたちの麗しい資質だ

昼間太陽が照っているときまぶしいだろうって
お天道様は慈悲ぶかく智慧をさずけてくださった
わたしたちはつばの広い帽子をかぶっている
地上に映ったその姿のなんと優美なことか

わたしたちの横顔を見ればためいきが出るだろう
知的なあごの線と和やかな頬に
それによってわが市民を一目で見分けることができる

お尋ねになる前に答えれば
いつも頭を下げることなく傲慢だと勘ぐるのはあたらない
卑小なことが見えないぶん想像力があるから
人の悲しみがよく分かる
むしろわたしたちのことを高邁と呼んでほしい

さてまた、春夏秋冬どの季節にでも、月夜に
そのように月の光を浴びて過ごしなさい
月の光には身と心を変える力があります
ひそやかにあなたのＤＮＡを修復してくれます
そうすればいつかわが市民になることも夢ではない

十月十五日　　神舟を浮かべる空のうろこ雲

十月十八日　コスモスが日向の王墓跡に咲く朝陽夕陽のことほぐ丘に

夕陽照るすすきも花と咲き誇る

十月二十日　手を合わせ寝棺の中に居る夜長

十月二十七日　傘さして秋晴れの下行く男　（どんないわれがあるのだろうか）

落ち葉吹く機械の音が天高く昇る世に在り乾く木石

かくあって朱玉と紅葉得る木あり

騎乗する姿照らされ秋の暮れ

「大津の三郎武勇譚」

現代の騎士が二輪車に拍車をかければ、

後方より迫る四輪戦車の頭光に照らされ、

威風は城壁に歴然と映る。

ようよう追撃をかわし辻を過ぎろうとすれば、
何やら小道具を耳に当てて声を上げながら、
新手の戦車が鋭角に顔前に切り込んで来る、
戦の作法もあったものかは、
まこと真の騎士の憂いは晴れぬもの。
それでも敵をしりぞけ夜道を飄々帰館いたした。

十月三十一日　稲盗む者ある乱世選挙戦

世に後れ月下美人に深き秋

十一月二日　秋深め秒針の音犬眠る

芋吹いて口にころがす閑居の日

秋の蚊を打って読み入る乱世の記

十一月五日　葬儀場の門で蟷螂死を学ぶ

学ぶのではなくてただ先例を習うだけか。

十一月八日　黄金の装いもせず銀杏散る　（季節不順）

秋日中楽しみ跳ねる楕円形

冬立つ日腕まくりして家補修

十一月十日　しぐれ道荷に耐え詠う心持し

掌を広げ机上をポーンと打ちアランのプロポひろげ聴き入る

十一月十三日　乗降の客無くバスは秋の道

人無くて事とどこおるそぞろ寒

彼らには彼らの、ぎこちない動きをさせておけ
わたしはわたしの、自由な舞を生み出そう

十一月十四日　澄む水に聴いて湧き出す歌を待つ

十一月十六日　遠出する機会も少なく、テレビの映像を見て。

虹の下野菊にかかる瀧しぶき

何事か、紅葉の瀧に千々の雪

十一月十六日　野イチゴを食んで都市見る丘の道

拾い上げ柿の葉の赤飽かず見る

十一月十七日　小人の暴言嗤う小春かな

身を大いなる小春にゆだね

十一月二十二日　晴天を約す夕焼け、冬に立つ

十一月二十三日　汽水から海へと冬の蝶の夢

十一月二十九日　わたしの頭蓋にかすかなさざなみ、濃い紫の小さな花の

十二月一日　木枯らしに低く嘯く桜の葉
梢を離れ初めての舞

十二月三日　一日に「プロポ」一服身心に体操させて優美な姿勢

十二月七日　清　霜　降　月　桂　樹　白
海　津　波　静　漂　船　泊
夜　半　覚　醒　知　境　涯
天　地　間　人　被　仮　託
気がつけば風吹き抜ける天の野にたじろがず立つオリオンと在る

十二月十四日　長湯して灯油売る歌聞く夕べ

微笑した賢者アランのゆるぎない言葉かみしめ姿勢を正す

十二月十六日　冬の夜にぽつりぽつりと語る雨

十二月二十日　軒下でサザエを割って腑分けする命の不気味見る冬の闇

十二月二十一日　おだやかに冬の日暮れて頭垂《こうべ》る

十二月二十三日　金券を返す文書きくたびれて眼を閉じて聴くストーブの音

望み持つ冬至を越えてあるべき身

十二月二十六日　同年の隣家の人の訃報聞く不定にあらず目前にあり

十二月三十日　姪の結婚式でハワイにいる。豪勢な旅だ。

重光の名を記す文書展示する艦上過ぎた五十八年

特攻の数日前に生を得て今舷側のくぼみに見入る

重光の立った甲板冬陽射し

十二月三十一日　半月が椰子の樹上にかかる夜風凪ぐ浜に寄せる白波

花火上げ行く年来る年祝う浜

『万葉集』巻三挽歌

大伴坂上郎女

……

生ける者
死ぬといふことに
免かれぬ
ものにしあれば
たのめりし
人のことごと
草まくら
旅なるほどに

……

……

大伴家持

世間《よのなか》し常かくのみとかつ知れど
痛き情《こころ》は忍びかねつも

二〇〇四年　正月
徐山亭　謹製

秋水泡語　巻の八

［二〇〇四年］

先人W・フォークナーの智慧ある言葉を書き写して、一人でつぶやきを書き記している者のひそやかな励ましとしよう。

「われわれを取り巻く世界は、常にそうであったように、はなはだしい悪と、ぞっとするような悲惨さに満ちています。しかし、われわれが芸術作品をつくることによって、その悪を根絶させたり、あるいは悲惨さを緩和したりするような何事かをなしうると想像することは、世界における芸術家の重要性に関する致命的な思い違いであり、また不都合な過大評価であります。……芸術家がその時代の読者のためになしたいと望める限度は、……彼らをして、もう少しよく人生を楽しませるようにすることとか、もう少し上手に人生に堪えさせるようにすることとです。……われわれが死者と食事をともにできるのは、偉大な芸術家の作品を通じてのみであることを、そしてまた、死者との交わりなくしては、完全な人間生活は不可能であるということを思い出そうではありませんか。」

「芸術家は行動人ではなくて作る人であり、ものの製作者である……。芸術の価値を信ずることは、芸術が、あるものを作りうるということを信ずることです。そのものが叙事詩であっても、二行のエピグラムであっても、とにかく世界じゅうの人の手に、永遠に残るようなものを作りうると信ずることです。成功の確率は、芸術家に不利ですが、彼は、それより小さいことを試みてはなりません。」

一つ二つがわたしを知っていた人の思い出のよすがとでもなれば……

一月一日　ワイキキで平安願い明ける年　　On the Pacific Ocean

一月七日　黙々と為さざるをえぬ冬の日々
（打ち負かされないなら、それはよいことだと思え）
冬の月桂求めた日は遠く

一月八日　手を腰に初望月を仰ぎ見る
（月を仰ぐ種族にも腰の筋を痛めるということがある）

一月九日　不正為す大公ここに宵恵比須　（虚栄だけを求めれば人は不正に至る）
ファブリスの叔母の豪胆うらやむ日

一月十三日　寒中を猫のダンディ徘徊す

一月十七日　バビロンに軍を送って憲法を葬った国無法の国よ
（法を廃せず死文にする国に正義は行なわれない）

シュメールの言葉滅んだ肥沃の地今辺境の族《やから》が支配

一月十八日

困憊し権力欲のかたまりとまみえ闘う義は我にあり

一月二十日

勁き腰痛め引きずる冬の道

不正の者たちに対抗するために勁くあるべき足腰。

一月二十一日

「雪中遊歩」

大寒が北の海から雪運ぶ

雪を踏む音さくさくと足はずむ

赤芽黐赤芽に雪が積もる列

雪の下金柑雪の空を見る

心象を白紙に戻す雪景色
雪景色利休鼠に変わる暮れ

一月二十三日　凍る野に無角のサイはただ一人

一月二十五日　雪徐々に解けて身心動き出す
動き出す春待つ者に青き火が

一月二十八日　帰去来の辞を書き下ろす暇なく俗物の中立ちまじり居る

一月三十一日　「ひたむき」を好むと言った人偲ぶ飛行機雲が冬空を行く

二月二日　「文学者」と称す政治家のさばって文学または人間圧す

東に「小説家」と称する政治家がいれば、西に「学者」と呼ばれようとする虚名追求者が巣くう。いずれも、新奇を求めて人間を抑圧する。その言動は精神の不健全を物語っている。

二月三日　「鬼は外」

豆を撒く疲れて腹の痛む鬼

二月十四日

春一番翻弄される鴎鳥

春告げる雨に波間の一沙鴎

雷鳴に驚く椿頭《こうべ》振る

一年以上もかかって合間合間に読んでいた岩波文庫版『万葉集（上）』を読み終わった。二千三百余首。日本人の感情表現の基底がここに形作られた、と考えることができる。巻末第十巻の同じ題詠の羅列を見ても自然詠のほとんどのヴァリエーションがここにあり、それと結びつく情感の定型が出来上がった感がある。それ以後の歌人は、この厚い堆積の上で表現を探らなければならなかったのだ。間歇的に高く吹き出た抜きん出た歌人たちにも、三十一文字の定型の枠はその限界を大きく超え出ることを許さなかったのだと思う。堀田善衛の言う定家の世界に比類のない洗練の極みはそこに生まれた。明治期以来の近代は感情生活の領域を広げ、短歌の対象に広がりを与えたが、それでもこの詩形は情景・感情・思想を詠いきるには枠がきつすぎる。一方で日本語の音韻の単調さはただ言葉を連ねるだけではすぐに限界に突き当たる。押韻の代わりにリズムで諧調を、すべての詩論が求めるあの諧調を生み出さなければならないのだ。

二月十八日

人体の動き万化し春の舞

ふうわりと風鳥となる美の肢体

たおやかなグリーンのダンス人もまたかけがえの無い嘆美の舞を

風鳥とは極楽鳥の謂いなりとその美しい舞踏は語る

飾り羽根白い風鳥人生を悲哀と呼んだ人の曲舞う

照明が照らす舞台に幻視する悲哀持つ人明日耐えるため

妻子に誘われてバレーを見に行く。ボリショイ・バレー団、マドンナは、Nina

Ananiashvili。最初はヴィヴァルディの曲「グリーン」のモダンな構成。つづいて、アフリカ音楽で構成した「second before the ground」というタイトルの同じくモダン・バレー。物語性は希薄で、クラシック・バレーの動作を様々に変奏した静かなしかし力強さの秘められた舞踏であった。そもそもバレーを見る機会は少ないのだが、この種のバレーを見たのは初めてだったので大変感心した。「白鳥の湖ハイライト」も、物語は変更を加えられ現代的に構成されていた。幕開けと終幕は練習場風景という変調が取り入れられる。舞踏は見事なものだ。人間の身体は実にさまざまのことを為すことができる。その感動は、演じる者と見る者の精神性に働きかけて引き起こされる。

皮肉に「猫」の眼で見れば、奇妙な人間の肢体がかくも美しい舞踏をすることができる。美しい猫に、あるいは風鳥にさえけっしてひけをとらない。人間はそのように事物を見ることができる。わたしの前の席の中年男性は身を乗り出してわたしの視界をさえぎるほどだし、その隣りの七十歳ぐらいのキャップをかぶった男は、感激しながら手を顔の前にまで挙げて熱烈に拍手を送る。二人はそれぞれ一人で来たようだ。それぞれ舞台に何を見ていたのであろうか。プルーストの小説に現れる幻視にふけっている人物に近いのだろうか。しかし、会場の外で出会ったら普通の人に見えるだろう。後ろの方では、中年女性たちが讃嘆の言葉を発している。人はあこがれの対象を求め心を満たそうとする。そのとき精神を満たす喜びによって、今日、明日、うまくいけばもう少し長い期間を生きて行くことができる……。

二月十九日　楽観を意志せよ春のとば口で

二月二十日　好春光浩然不覚午睡中
出兵の兵と家族のその顔に時代を映す閉塞の感

二月二十二日　早春の嵐毅然と歩む道

二月二十六日　梅の下防御のための角も無くただひたむきな孤犀に習え

二月二十九日　早春を詠う「乗り物」春の中

三月三日　赤いシャツ着た老犬が梅見する

三月四日　空華して地に着き消える春の雪

木蓮が空華に出会う得がたき日

三月七日　山鳥と顔見合わせる春の雪

三月十日　白と桃帽子の上の傘が立つショウウィンドウに転倒の意図

周到な意図で飾ったウィンドウ手段としてのシュルレアリスム

デパートの喫茶店でA・ブルトン『シュルレアリスム宣言・溶ける魚』を読み終える。

三月十一日　「口中小歌」

小庭桜花開
鶯声祝春来
好事訪山亭
感興延老歳

三月十四日　菜の花が道で迎える杣の里　（細君と温泉へ一泊旅行）

三月十五日

山なみの霜さっと撫で朝陽射す

佛仰臥枕の脇の春の道

起雲山トンネルの先雲も無く春風に乗り峠を登る

寝仏を一巡りして春尋ね

三月十九日

大学が浮き足立って教員の知性を試す時代に対す

まっすぐに空へ辛夷のように立つ

かのように我が家の式部春の夢

三月二十日

幾久しく交誼を願い春御膳

春彼岸川面をさらい水清め

三月二十二日　時に会う桜に雪が降りかかる　（テレビの映像）

三月二十三日　世の中を激動と見る者ばかり鴨長明の覚悟を持たず

三月二十四日　咲き初める花に明星月の盃

手に取ればしなやかに舞え花の精

地の欲をしばし忘れて春の宵やがては強き精神を期す

（アウグスティヌス『告白』を読んでいる）

三月二十五日　五十九になった夕べに写真見る晴れの衣装を試着した娘の

四月一日　紅雨降る時の雫の中にいる

四月二日　花冷えを花と身を寄せやりすごす

つつましくあること願い花仰ぐ

四月六日

エンドウに言葉と水をかける人
翼持つ天使にあらぬコウモリが春宵称え舞い試みる

四月七日

本日また多忙。じっとがまん。

花散らす雨はいのちをいとおしむ
芽を出だす欅は雨へ手を伸ばす
流転する飛花・花筏海の果て
わたつみの旅客となって花いかだ
仙境に向かう潮や春の闇

四月十一日

鳥となり神話の島の春の空　（観覧車）

四月十二日　夜鳥の声に書を置く桜散る

四月二十三日　乾く土に影を引き連れ春の雲

四月二十五日　跛を引くほど老いた式部の春の夢
灯を消して干した布団の春の中

四月二十六日　もえる春静めて大地ぬらす雨

四月二十八日　「帰南山小亭」
中天半月嘉春宵
蓮花草園幼児笑
本日奮励了小事
騎乗過里渡長橋

五月一日　梅の木にとりつく千の虫殺す

血族の法事の前の虫退治

五月十三日

突然の争論が身にふりかかり彼我を照射す身を顧みる

身の卑小苦く見とどけ胆汁で核心にある白玉磨く

五月十五日

走り梅雨轍の音に時を聴く

睡蓮の池に水輪の花が咲く百また百と世界が開く

睡蓮は不染世間の法の中

仕舞い茶を大山蓮華見て喫す

五月十八日

じゃがいもの花を静かに見る五柳

園遊会敬し春愁撫育する

白いもの頭に緑衣山法師

五月二十二日

草を刈る人に五月の光降る

五月二十三日

午睡から覚めて調声老いた鶏

照り映える椎の葉おおう鎮守杜

たまねぎをその場に干した野末畑

野道行く遊子に発句縞の蛇

野の花を手折り見晴らす海と空

若竹と背比べする市のタワー

あざみ咲く鹿野へ発句求め行く

蛍袋ホタルに余る花室成す

五月二十五日　茄子胡瓜トマトの苗と遊ぶ人

五月二十八日　遊歩道毛虫がもがき春が行く

蝶になることも夢見に終わる蝶

前線が南の海に待機して人を促す雨安居に入れ

五月二十九日　カゲロウの命を救い命延ぶ

五月三十日　ホトトギス帰去来兮と鳴く寓居

五月三十一日　カレンダーの付録のような一日がたしかに今日と呼べる日となる

六月一日

今日は晴れたので蛍を見に行く。町内の有志が公園の池に蛍の幼虫を放っているそうだ。段段に水の落ちて行く池の連なりになっていて、池の上を行く板の橋がかけてある。南側には木が植えられて、今では林になった。月齢十三の月がほぼ中天にあって照らす中、枝を伸べた木々の暗がりに蛍の火が明滅しておもしろい。順調に数が増えれば、名所になるだろう。

月光の木の下影で呼ぶ蛍

紫陽花に蛍、月をも愛でる夜

蛍火に誘われて行く池の辺の月光そそぐ橋の舞台を

無面にて蛍に見入る老いたシテ

シテの息ホタルに合わせ明滅す

舞台にはやがてホタルもシテも消え

六月二日

広大な夕焼けの空層雲が人事を無視し超然と在る

六月五日　　もてなしに野イチゴ見せる卓の上

六月七日　　水蒸気降って山海《やまうみ》霞む朝

紫陽花と霞みに雨の音を聴く
　陳舜臣によれば、日本原産のあじさいに紫陽花と名づけたのは白居易。

六月十日　　夏の首都半旗の下の老婦人　（元大統領夫人）
　彼の主義には反対であった。今の米国大統領にも。

田植え機が一人で植える世に生きる

間食もせずに四枚田植え終わる

汗せずに雨安居の飯食う愚禿

郊外に孤犀の歩む水田は日ごとに減って迷いは去らず

『木綿以前の事』によれば、農繁期のような忙しい時には日に五度も食べることがあった。

六月十四日

蝶一人ひらひら帰る山の庵

小竹の子食って霍乱鬼の身は

腹痛み苦海に迷う夏の夜

六月十七日

トラックで移動苗代行く夕べ

六月二十日

宿の裏磯の船虫さっと散る

伊能道朝の水打つ宿の主

夏の朝船の隣りの寺と宿

山頭火の句碑が聞く声ホトトギス

海守る神の湊に宿りしていずこを目指し船乗りするか

「神湊紀行」

魚屋旅館の玄関前には、伊能忠敬宿泊所と書いた石柱がある。朝、その三階のトイレットから金属の板で葺いた寺の屋根らしいものが見えた。道を挟んで斜め向かいに交通標識が出ていて、「呑海山　隣船禅寺」とある。狭い参道からすぐ境内に入ると案内板があった。種田山頭火は、この寺の住職と交友があり、ときどき宿泊したものらしい。山頭火が直筆の句をしたため、古い墓石を利用して碑になっている。これが山頭火生前の句碑としては唯一のものだそうだ。両者の話の中で使われなくなった墓石を使うということが出たものだろうか。石は書の大きさに比べて大きい。山頭火の書は端正なものだ。寺で詠んだものだから仏教の言葉が用いられ、句は定型。

松みなが枝垂れて南無観世音

そのそばに、住職の漢詩も石碑に刻んである。

其 中 一 人 守 清 貧

無 辺 風 光 蔵 家 珍
随 縁 安 住 山 頭 火
飄 乎 深 竹 終 入 真
忙中しばし閑を得た。

六月二十五日

「海蝶夢話」

昔、雲水があった
山深く分け入って村々をたずね
海風の吹きつける浦々をたどり
ただひたすら修行に励んだ

とうとうあるときあの老師に出会った
雲水はその叢林にとどまって
老師と問答を重ね座禅に励んだ
終に師が「汝得吾皮肉骨髄」と言った

僧は老師の法嗣と目され
叢林にとけこむほど修行に励んで明け暮れ

老師の寂滅に立ち会った
しかし、因縁生起して寺を去った

彼はふたたび雲水となって
山野海浜を修行し巡ること久しく
一夜、神の湊と呼ばれるところで
無住の荒れ寺に泊まった

明けると浦の長老が二人やってきて
飯と茶を供して頼みごとをした
「わたしらにお願いがございます、
ここの住持となっていただきとうございます」

雲水は飯を黙々と食べ
ゆっくりと茶をすすって
なおしばらく返事をしなかった
その場に蝉の声だけがあった

「よろしい、ここにとどまりましょう」
僧はやっと沈黙をやぶり
「寺号を、呑海山・隣船禅寺といたしましょう」
椀に残っていた白湯を飲み干しながら言った。

六月二十七日
凝固してガレの海馬は瑠璃となる　（日曜美術館）
雨の露床に一滴半夏生
夏点前電気の釜で沸かした湯

六月三十日
眼前に衰退を見て気もつかずただ形骸の国政選挙
わたくしもその一員のこの社会押しとどめ得ず坂道下る

七月二日
流雲に歩み淡々夏の月

七月九日
落日に無窮花を踏んで道半ば

七月十日　首伸ばし鷺が見つめる雨後の山
草刈った畦に白蝶雨上がる
半天を着た子の祭り羨望す

七月十一日　選挙戦予測どおりの結果出すこのなりゆきが皆からめとる

七月十六日　夕風に蝉の三声謎の歌

七月二十一日　蝉の声満ちて呼吸を緩くする
蝉よりも太くラブレー放談す

七月二十三日　小さな町に人がくり出し
近郷皆の祝祭日
せいいっぱいに心遊ばす

シュルシュル　パーン
空に花咲き
ゆらゆら　しーん
海に花散る

七月二十四日　甲高い鳶の声聞く浜の夏
　　　　　　　百合の花はらりと池に身を散らす
七月二十八日　持久戦猛暑とがまんくらべする
八月四日　家持の掉尾の歌を読んだ夏幼いヤモリわが窓守る
八月六日　夏の子の帽子とリュックいせいよく
八月十四日　散水に梢に逃げる青蛙
八月十八日　風追ってさわさわ走る青稲田

八月十九日　地に落ちて天仰ぐ蟬野分後　（蘇鉄の葉に乗せてやった）

八月二十一日　隣家から風鈴の音夏惜しむ

「定期点検」
客がセールスマンと話している
その声ははずんでいる
ちょっと高い買い物をするのだもの

若い夫婦の客は
小さな子供を連れていて
着ているものはファッショナブル

自動車会社の方こそ
高度資本主義生産、大量消費を導く最先端
時代の先端を行くデザインだ

車の点検に来たわたしは
古い詩を読む時代遅れ
「改革」にはじきとばされるのだもの

子供の頃まげを結っていた人物さえ
わたしよりずっとモダンだった
後の世代が先を行くのは当たりまえ

ヒトには新しいことがよいことだ
何か新しいことをしなくては
今日は紅茶に砂糖を入れてみた

「陽の下に新しきものなし」
と、
昔の賢者が言っているから

八月二十五日　紫陽花に夏の残光乾く花

茜蜻蛉《あかね》射す夏の残光腹腔へ

八月二十八日　家族で見る夏の終わりの阿蘇の虹

蜩が夏の暮らしを終える阿蘇
　南海に台風、阿蘇はおぼろ月

八月二十九日　火の山を青い炎が駆け上がる

八月三十一日　夕空に雲が一刷毛秋を画く

鎌背負う老夫の影を映す月　（月齢十五）

九月二日　古本の匂いの中にスピノザという善智識立ちあらわれる

九月七日　世はなべてブラックアウト野分行く

事物とは変化、スウィッチ入れなおす

野分行き天地を歌う虫の声

九月九日

幾万のいのちが果てた台風の後の静寂虫の声満つ

スピノザとライプニッツの年譜見るまさに天賦の知性の軌跡
　その知性も人間の社会で苦闘する。

九月十一日

乱れ萩風姿整え花となる

秋明菊助け起こして花とする浦の苫屋に身すぎする者

台風の後片付けに疲労して見る夕空に淡い虹立つ

いが栗に刺され古代の人となる

見わたせば秋の海ありよい夕べ

栗食べて為す人の生海を見る

九月十二日　赤に白点じて揺れる萩と蝶

荘周が見る凪の海揺れる萩

九月二十一日　人乗せず大観覧車彼岸まで

九月二十二日　百日を過ぎて身仕舞い百日紅

九月二十三日　「海を見に行く」

曼珠沙華見て車駆り海目指す

お彼岸に宮の社に会同し飲食をする善男善女　（桜井神社脇殿）

秋風を乗せて波寄す二見浦

天地《あめつち》の初めの島を遠く見る二見が浦に万代《よろずよ》の波

（夫婦岩の間に小呂の島が見える）

伊弉諾が帰還果たした此岸には大観覧車くるくる回《めぐ》る

閑雅なる茶筅の音に蜘蛛は去る

白萩を散らす雨聞き味わう茶

秋雨に彼岸此岸も見えぬ暮れ

九月二十五日

めぐるめくオデュッセウスの遍歴は個として生きる人それぞれに

九月二十六日

我が門に結婚祝う客が立つ千秋の一つ秋の休日

まぶた越し秋の陽射しが眼球にオレンジ色の天球創る

眼球に秋の蚊が飛ぶ風に臥す　（わたしだけの星座がある）

蟹の絵の器に盛って栗を食う

一匙をこの栗植えた母に遣る　（口を開かせるのに一苦労）

九月二十九日

虚栄追う者が職場をかき乱すわが九州を台風一過

九月三十日

立待ちに娘を祝う花の束

立待てば光が洗う身と心

明月を仰ぐ種族の聴くしじま

月明に干したススキを奉げけり　（先月阿蘇で取ったもの）

十月三日

ＮＨＫスペシャル『チベット、天空の湖』を視て。

高原にへばりつく草・花を食む羊の群れに生かされる人

天空に生きる人在り人間の生の真相体現しつつ

十月四日　遠くある灯火凝視する眼窓に映って秋の夜更ける

十月五日　真夜中に目覚め意識は人という不可解を見て少したじろぐ

　　　　　床の無い舞台の上で舞う奥義見極め得ずにただ舞って在る

十月七日　稲を干す匂いにペダル軽くこぐ

十月八日　色深く紫式部円熟す　（実が落ち始めた）

十月十六日　秋晴れで明けて新婦を送り出す

　　　　　花嫁の父を演じる日とはなる六十年がうかうか過ぎて

　　　　　人生を舞台と呼んだ戯曲家の脚本も無くこの役演ず

　　　　　さりながら人はその場で役割を演じるように習性を持つ

感激で胸いっぱいと繰り返し言葉がつまる新郎は好《よ》し

花嫁を導く父の VIDEO 視る描く老いた者の姿を

十月十八日　秋寒や娘の嫁した朝の鐘

わが家が華燭の典を祝った日郊外の田の収穫終わる

十月二十日　夢を見る過去に似たこと生きなおすことの不可能希求する夢

事起きる前に花野の夢消える

十月二十四日　水に浮く椎を流して残余なし

十月二十六日　被災地も照らすか今日の十三夜

十月二十七日　朝寒に暖所を探す竈馬

十月二十八日　内祝い持って訪う人不在犬が迎える秋の十五夜

十一月二日　諸事を見て桜紅葉の散る日和
若者と月の蛍と名をつけた居酒屋で飲み秋は深まる

十一月四日　地が揺れて未明に目覚め五感研ぐ
地に伏した蝶ぱっと立つ秋深し
鼻歌で大輪の菊撫でる人

十一月七日　菊日和水掬う犬の舌の音　（チェニーが老いた）
わたくしの春秋想起させる音

十一月八日　秋の陽に野山息づくリズム聴く

十一月十日　めくるめく可塑的世界一度だけ実現されて巡り会う今日

人の癒えを待つか時雨れて時移る

十一月十三日　権力を志向する者流行のアメリカ流に棹さして嬉々

若者が訓練されて討論で試験を受ける世は変わり行く

討論で医者目指す者選び出す仁者ではなく弁の立つ者

今の世に古人の徳は消えかかる仁に近しい剛毅木訥

――

診断し古いテレビをてきぱきと修理する人社会支える

十一月十四日　犬式部病んで末期の冬立ちぬ

十一月十六日　賢女であったチェニーの式部秋と逝く

型どおり寝かせた犬を花で埋め野辺の送りをする紙の棺
柿二つ残し煙と化す式部　（骨壺に骨をひろって持ち帰る）
十一月十九日　理不尽にアミノ酪酸不足する
十一月二十日　海棠が小春に惑い笑み開く
荒磯はまだ晩秋の日本海　（好天小波）
十一月二十五日「記憶がなければゼロだ」と、ほぼゼロの母親を持つ神経学者
リフレインむなしく響く空世界「色《しき》」紡ぎ出す海の怪物
十一月二十六日　それぞれのコート姿を運ぶバス
それぞれのうしろ姿に影絵見るその身心と環境世界

十一月二十八日　旅慣れず息つく宿を探す雁

十一月三十日　皿洗い士《さむらい》の月尽きる夜

一月を厠で思案する黄菊　（小さな花）

「おやすみ」と、地球の外へ、冬空へ、時さかのぼる挨拶送る

十二月四日　眼を閉じて能楽を聴く木曽殿の縁者の霊が謡う想念

冬雨に銀杏は炎上げて立つ

よい乗り手をこの乗り物に！　冬の日々

十二月五日　目覚めて在る嵐の冬は夜明け前

「新世界」聴くかたわらで老人が左手を振る無意味に慈悲を

十二月七日　三上に及ばず黙し茶碗拭く　（詩文には向かないが考え事によい時間）

十二月八日　ちっぽけな我欲に過ぎぬ「リーダーシップ」を掲げて踊る者がはびこる
見えにくいファシズム覆う冬の町

十二月九日　星磨く歳の余りをいつくしむ
オリオンと対峙し息をととのえる

十二月十一日　行く年や孫は男児と妻の報　（まだ胎児だが）
ホームレスに暮れの教会狭き門
年の瀬のダウンタウンの上空に航跡一つ天翔ける者
酔い醒めて電飾の街物見する

十二月十五日　地球から清冽なもの放射して冷えこむ朝は身を引きしめる

十二月十六日　エンドウの花が冬至の準備する

十二月十八日　うずくまり生死観照冬の蝿
偶然の場に蝿が在る冬の日々
暖冬を禿頭の髪刈って知る
身心を時節に合す冬至の夜

十二月二十五日　行く年や条光風に運ばれる
行く年とプロペラの音遠ざかる背進しつつ聴き耳立てる

十二月三十一日　寒鰤が雪迂回して到来す

大つごもり客は娘の舅殿

寒風にオリオンの腕ひゅうと鳴る

『スッタニパータ』

他の識者の非難を受けるような下劣な行いを、
決してしてはならない。
一切の生きとし生けるものは、
幸福であれ、安穏であれ、安楽であれ。

第一四五偈

いかなる生き物生類であっても、
怯えているものでも強剛なものでも、悉く、
長いものでも、大きなものでも、
中くらいのものでも、短いものでも、
微細なものでも、粗大なものでも、

第一四六偈

目に見えるものでも、見えないものでも、
遠くに住むものでも、近くに住むものでも、
すでに生まれたものでも、
これから生まれようと欲するものでも、
一切の生きとし生きるものは、幸せで在れ。

第一四七偈

二〇〇五年　正月
徐山亭　謹製

秋水泡語　巻の九

［二〇〇五年］

わたしのつぶやきはまだ続いている。流れに泡が浮かびまた消えるように、雑多な言葉を連ねて綴じたものが九つできた、その流れが澄んで秋の水のようであることを願いながら。

本物の詩人ヴァレリーは言っている——

「厳密な韻律法の要求は、わたしたちの魂にとって異質な、いわば、わたしたちの欲望に耳を貸さない耐久物質の持つ特性を自然言語に賦与しようとする技巧なのだ」

「わたしは、ただ、強制的な諧調や韻や定められた形といった恣意的なもの全体が、ひとたび採用され、わたしたち自身に対立するようになると、それは一種独特な哲学的美しさを持つということを考えてほしかったのだ」

「神々は、気前よく、わたしたちにただで最初の句を与えてくれる。だが、この与えられた句と韻を踏み、超自然的な兄ともいうべき第一句にふさわしい第二句を作り上げるのは、わたしたちの責任なのだ。第二句を天からの贈り物である第一句に匹敵するように仕上げるには、経験や精神のあらゆる手段を尽くしても十分ということはない」——と。

わたしはただ、天からの贈り物を書き取っているようだ。わたしから出たといえるような第二句が、語となって浮かび出る日を求めて、九つの冊子を措くことにしよう。うたかたは海に流れ出て蝶になることを夢見ている……

一月一日　元朝の故郷雪山近く在り

楼蘭で千数百年の歳月を眠るミイラの夢想を思う　（ＮＨＫ）

一月四日　仕事始め眩暈して知る老いの坂

一月七日　「狂騒の中で」

目白が白眼で男に言った。
「組織の人事考課は、その組織の利益のための
一面的な尺度に過ぎんよ、
君にはもっと大切なものがあるのじゃないか、
それを見失ってよいのかね。
昔言った人がある、
　社稷は棄つ可く、人倫は棄つ可からず――と」。
翼ある者は緑の身をひるがえすと森へ帰った。

一月九日　雪の野や我が注脚を読む車中

一月十三日　かじかんだ背を暖めるメール読む

一月十七日　ユートピア建築冬を普請する　（トラックにその名）

一月十八日　冬の日々この道だけが突き抜ける

身中に灯火の暖星の下

一月二十日　日間の瑣事舞う雪と消えてゆく

一月二十四日　狂躁の猫道よぎり春きざす

一月二十五日　同僚の最終講義わたくしに語られるごと耳傾ける　（倫理学講義）

「器にすくいとられた海の水」

佐藤一斎の美しい比喩「器水」を称えて

あるとき天が

泥をこねて

天日に干して
奇妙な物を創った

天がその器に
海の水を掬ったら
器水は時をつかんで
何事かを為しうるようになった

天の下にあるものはしかし
何物も変化をまぬがれない
不思議な器も例外ではない
器はこわれる

水は
土にしみ入り
海に流れ、天に上り
また海に帰る

今では器水が問う
天とは何者か
自分は何者か
考えることができるのは
器水としてある間

一月二十六日　今の世を赤銅の月出でて問う

一月二十七日　チドリは千鳥足でヒトは背進、見えぬ未来に無手勝流で

一月二十九日　霜消えて水母のように月泳ぐ
虚清なる海月天地を浮遊する

一月三十日　麦畑の上で群鳥円舞する
田園に身心放ち春を待つ紅茶の香る磁器を手にして

伊都国の甕棺並ぶ部屋冷える

幾星霜見たか内行花文鏡

二月三日

薄雪が子細に描く山のひだ

二月五日

還暦を前に一縷の「数」を待ち心を決めて書簡を投ず

「敬」保持し時空に生きる者として初春の陽の中に位置どる

自動車を定期点検に出して待つ間にこんなことが頭に浮かぶ。ところが、夕方家内が手紙を用意しているのを見て、封筒に切手を貼るのを忘れていたことに気づく。郵便局に電話をして何とか対処できた。わたしの実体はこのように頓馬な。

二月八日

「太陰暦甲申年十二月三十日雑言」

わたしの言葉は届いたろうか
わたしの願いでもあり、また、
覚悟ともなるべき言葉は。

はるかを目指し進んでいるか
暦と伴に還り来たって
この赤肉と化して
この公案は美事生きるか。

二月十二日

夕方近く、教育テレビで糸操り人形劇をやっているのが目にとまり、『西遊記』の一場面を見た。番組は、日本の人形浄瑠璃と中国の人形劇の交流という趣旨で組み立てられていたようだ。

北京でも垣間見たせいか、中国の演劇は親しいものに感じる。音楽の演奏があって人物は歌で語る。日本の人形浄瑠璃はこの形式から影響を受けたのではなかろうか。歌舞伎もくまどりやみえを切るところなど、中国のものとつながりがあると思う。戦国末期から織豊期にかけて海外交流が盛んであった頃に、日本人が中国で見たり、中国の演劇をよく知った人間達が日本に来たりして、その形式が伝わったものと推測できる。音楽の調子は異なり、舞台背景や衣装は違うが、形式の多くにつながりがあるのだろう。そういえば、近松に「国戦爺合戦」という人形浄瑠璃がある。鄭成功が活躍したのは十七世紀だ。この頃まで日中の交流はまだ無視できない数の人間たちによって生き生きしたものだったにちがいない。堺の後を継いだ大坂に、近松の近くに演劇にかかわる具体的な人物が居たのだろう。

傀儡は既に古代に日本に入って来たし、演劇も神楽の日本古来のものに対し伎楽のような伝来のものがあって、それらの混交が長い歴史の中で進んだのであろう。仮面劇は伎楽に始まるものかもしれない。その様式性やゆるやかなリズムの舞踏の型は能につながっているのだろう。現代では「国風」と呼んで日本独特のものと思っている古典演劇も中国演劇との融合の中から形成された、と考えるのが妥当だ。中国の伎楽からして西方の影響は歴然としている。文化は異質なものとの交流の中で変遷する。

ところで、日中の歌劇をヨーロッパの歌劇と比べると、音楽の旋律の違いだけでなく感情における差異を認めざるをえない。日本の演劇は中国のものとも異なる。涙の場面が多くめそめそ・うじうじしたところがあると思う。いじめられて最後に爆発してみえを切るところなどは、やくざ映画から現代のテレビドラマにまで残っている。中国のものは壮大な構えがあって現実に対する冷徹な眼があるように、その文学から思う。われわれの現実主義には問題があり、もっと違う感情教育によって強靭ということになじむ必要がある。

傀儡の悟空あやつる糸見えずかの大いなる手の内にある

多事多難悪戦善戦釈悟空

一つ糸で春の空舞う孫悟空

二月二十日

淡雪が入るごとに澄む池の水

二月二十四日

春とある赤い鳥居の立つ屋敷

二月二十七日

ギャラリーで木の風を聴き土筆食う　（今年出たものの砂糖漬け）

まだ冷えるグランドピアノ置いた縁

座敷縁小瓶に挿したふきのとう

画を掛けた床に一対雛を置きG線上のアリア始まる

（飾り棚の下の引き戸の中にCDプレイヤーがあるらしい。
絵は南天の赤が鮮やか。白雲……と書いてある……）

菜の花に黄色を添える書院窓　（柱にホトトギス同人の句）

三月五日

予報どおり淡雪春と争う日

画の茶器に茶葉添え贈る早春賦

「日常茶飯、赤肉団塊、一無位真人」

公案を解けず還暦祝う春

海浜にキャンプした日は遠く去り巡る春の夜なおよく吟ず

「茶漬けを食し春の野を遊行する」

三月六日

くりくりと音立て上る雪の丘

構図とる梅・雪・椿、視の領野

白髪の狛犬の眼に春の雪

竹揺れて淡雪落ちる一呼吸

ゆるやかなリズム林に雪雫

山の池侘びを極めて雪の春

雪の下野芥百穴に虫起きる　（横穴石室を持つ小古墳群）

三月九日

定年の人送り出す小宴で心構えをわが身にも問う

三月十一日

春の雨霞みに溶けて人包む

三月十三日

雪散って椿が花弁すぼませる

海峡の春の潮に溶ける雪

―――

荘厳《しょうごん》し位牌二柱に春の経

余寒して燭台の火はゆらめかず

三月十九日

二世代と腹に一人《いちにん》彼岸道家族旅行で還暦祝う

甲冑を着けず春寒曲輪道

肌寒く古湯古城の峰の風

山城の狭い頂上谷の村古い支配の体制の怪

天山へ人家田畑も無い山に広域農道現代の怪

天山へ水揚げる怪広報し展示館立つ人の営み

春の夜の眠りは浅く夢千鳥

三月二十日

大楠は樹齢二千年春の淀

おみくじを桜の枝に結ぶ娘は身重の体咲く花を待つ

——

彼岸寒古墳の縁の梨の畑　（元の濠の位置）

後円へ焼いた草踏む無縁塚　（全長百十四、幅六十余メートル）

陪塚は菜の花の中長き時

揺れる地に電信迷う古代の地　（福岡沖地震）

三月二十六日

本堂へ朱傘従え僧正は春の陽射しの石段上る

賽銭を上げず春陽の射す中へ

春風に鸚鵡の声を聞く多聞　（道中、オウムが「おはよう」と言った）

——

杉の実を落とし千年立つ樹林

芭蕉の句碑に「此の松の実生せし代や神の秋」

六十の春の門出や鹿島立つ

――

利根川の水を田に引く彼岸過ぎ

三月二十七日　聖堂の門閉ざす朝余寒する

ゆりの木の咲き初める奥半跏佛　（本当は中宮寺菩薩像）

八年を隔てて朋と会う春を上野の山で四方山話

三月三十一日　花一つ開き世界を改める

四月一日　春重ね初心の老いにたじろぐ日

超越を求め世界の春に入る

雷神が去って陽の照る赤芽黐

四月四日

法王の遺骸の前に世界から来た人々が列なす時代

四月九日

花尋ね清正公の客となる

椿咲く上の曲線武者返し

鎮台へ宛てた西郷大将の書簡に既に形勢にじむ

四月十日

一心行の大桜を見物。

天正の墓失せ残る老桜

一心に行じた族の裔も絶えただ世々を見て大桜立つ

四月十六日

小蝶をはねて深まる春を知る

ゆずり葉の仕事たけなわ春熟す

四月二十二日

弔いへ都市高速を早駆けるあわてることもないこの道を
筑紫野の天拝山に野辺送り不運な数の人を悲しみ
春の堂供花一ひら散る刹那
紅顔が白骨となる紫野
楠若葉陽光燦々棺出づる

四月二十四日

蜜蜂の羽音が満ちる部屋で読む
水底が揺れ住民の退去した島影かすみ海原の中

五月三日

光満つ五月の空に一筋の悟空の飛跡西域目指す

五月五日

筋斗雲散らし若葉をゆらす風
事も無し王墓の上に鳴くひばり
ビニールの下でいちごに染まる指
揺れる地に棲まうはまぐり志摩の海
二見が浦胎児を含む三代の親子がそろい霞む海見る
対岸の大観覧車目指す旅器水は陸へ遊行果たす
海蝶の夢から醒めて山の庵

五月十三日

瞳孔を全開させて向かい合う五月の光あふれる世界
眼底に世界受け入れ風に立つ

世界見る眼光衰微空木咲く

眼の襞を身に引き受けて老いる春

五月十四日

一難を身に引き受けて自祭文書いた淵明はるかに偲ぶ

五月十五日

臨月の娘と歩く丘の道夕陽を浴びて卯の花が散る

やわらかな光の丘にささやかな事を印して時空を歩む

五月二十三日

「日間の瑣事に埋もれて」

今日はいやな男に会ったので、露台で空を見上げた、
春の月は円満で、風を送ってわたしの頬をなでた、
心がすーっと清められて、眼が見えるようになった、
そうして、月を仰ぐ種族が甦った。

エピファニーを捉えたかしら、
地震で壊れた家の瓦が修理されて、棟がまっすぐになり、

アンテナは首をかしげて、月の声を聴いている、
わたしの受信機にもマイクロウェイヴが届けられ、
そのメッセージを体に広げろ。

五月二十六日　跛行してさつきの下を白き猫
老い猫の眼の鋭さや田植え時

五月二十七日　沸き上がる初夏の嬌声エクササイズ
綱引きの声に驚く武者幟

「散文による讃歌」

五月三十一日　初孫抱いて
あいさつ交わす
「やあ、よく来たね」
「ええ、来ましたよ」
世界が微笑む

六月五日

ＮＨＫ日曜美術館で、彫刻家本郷新の作品と人を見る。つづいて、写真家白川義員が世界の百の瀧を追ったドキュメンタリーを見る。

映像で人と自然の創る美に心洗われ新生児待つ

六月十日

一人《いちにん》の顔がたしかに生長す、生まれて十日「隼」という名で

六月十一日

水紋を染めて水田に写る傘

「詩の状態は共鳴状態である……」ヴァレリー

六月十六日

大八洲すっぽり梅雨の霧の中

新生児抱えて歩む五里霧中

六月十九日

さざ波が朝日に歌う夏の島

花畑の向こうに志賀の夏の海

カンナ咲く下に釣り舟点在す

木ねずみの子守唄聴く夏の月

六月二十三日

月照らす時空をめぐる夏の夢

仲基と念仏者とをつなぐ想網目をめぐり諧調醸す

一筆啓上、東京は雨が降っているようですが、福岡は梅雨に入っても雨がなく、木々の緑が鮮明でありません。孫が生まれていよいよ年齢を感じさせられます。朝早く目が覚めるようになって夢見心地で日を過ごしているのでしょうか、興にのって次のような戯文ができました。

「富永仲基余話、または大日比三師異聞」

朝どういうきっかけからか「仲基」という名が頭に浮かんで、その人のことと判っているのに、姓を思い出せないというもどかしい思いをした。大学に出てインターネットに繋ごうとしたところで、脳の回路が「富永」という姓にたどり着いた。しかしついでだから、人間が身体の外に形成した電脳網を覗いてみた。『出定後語』と『翁の文』を採録している岩波書店の古本二冊を注文し、さらにいくつか興味深いサイトを開いていたら、内藤湖南が大阪毎日新聞の一万五千号記念の講演会で話した講演録が見つかった。Ａ４用紙で十六ページある。さっそくプリンターで印刷した。加藤周一の紹介文で知っていた以上のことが書いてある。「加上」、「異部名字難必和会」や「三物五類立言之紀」など、富永仲基の独創が要領よく解説してあった。論理的、科学的に考えたという点で日本中にこの位の人はいない、大天才である――、と内藤湖南が称えている。

歴史家内藤湖南という人については、古田武彦の古代史の議論で内藤説が批判されていることくらいしか知らなかったが、この講演を読めば、見識を持った学者であったことが判る。この大大阪を祝う面をもっていた講演会で、「大都市主義には反対です。……大大阪讃美のために出て参ったのではありませぬ」と刺激的なことを言っている。一九二五年のこういう会合で、神道、儒教、仏教を批判的に考察した富永仲基を取り上げるということからして、すこし勇気の要ることであったろう。この内藤湖南のような人こそが、富永仲基を再発見したのだ。

文中、富永仲基の仏教経典史批判を仏教への批判ととった仏僧側からの激しい攻撃があったことが述べてある。その中に、「浄土宗の坊さんが書いた『大日比三師講説集』といふ本がありまして……」とあるのが目にとまった。「大日比」というのは、ひょっとしたら母の生まれた土地の名ではないか。「三師」というのは、母から聞いたことのある三上人と符合する。しかし、重度のアルツハイマー症の母には尋ねようがない。……

さて、日が改まっても、わたしの脳に「大日比三師」という言葉が留まっている。もう一度、電脳網に頼ってみた。あった、十一のサイトが出てきた。その中には、わが郷里の長門市観光案内まで含まれている。やはり、大日比の浄土宗の寺、西円寺の法岸・法洲・法道の三上人のことであった。『近世の念仏聖・大日比三師の福祉思想』といった何冊かの本や、『大日比三師講演集』という刊記のない古書（これが内藤湖南のあげた本だろうか）などがあるらしい。母の話以外では聞いたことがなかったが、「講説集」があって内藤湖南の目にとまるくらいだから、当時まで広く名僧の名が高かったのだろう。富永仲基の議論はけっこう知られていて、西国のいなかの念仏聖も無関心ではおれず、信仰から素朴な反応をしたものだろう。

法岸は、毎月五日に「小児念仏会」を開いて子供達に法話・童話を聴かせ、仏前に供えた菓子を与え、念仏を唱えさせた。一七七九年以来現代まで続いている。それが世界最初の日曜学校だと、西円寺を訪れたロンドン大学教授が認めた——ということが、長門市観光案内に書いてある。そういえば、その記念碑が西円寺に立っていたのを思い出した。大日比の仏事は西円寺で行なわれ、参会者全員が称名念仏してその響きが心地よいほどであるについては、そういう念仏聖がいたという歴史があったのだ。藩政時代の旧郡一帯に熱心な真宗門徒が多いのも、副次的作用があったのかもしれない。

インターネット上には「藤永文庫」というのもあった。美祢市立図書館に藤永和上の蔵書を収めたものと書いてある。藤永和上の名は、熱心な真宗門徒であつた両親の話に出ていた。亡くなったものか。残念ながら、母にその名を聞かせても反応がないだろう。「藤永文庫」には、『大日比三師伝』という書名が出ている。明治四十五年、西円寺出版とある。大日比は小さな漁村だが、その頃、このような本を出版する勢いがあったのだ。長門市観光案内には、西円寺に和漢の書物二万冊があると記してある。帰去来兮の辞を書いたら、西円寺や美祢市立図書館の本を見に行かねばなるまい。

真宗僧の和上といえば、わたしの両親は、もう高齢であった伊藤義賢和上という人を尊敬していて、我が家に招いて同志の人たちと法話を聞いていた。文学博士の学者で、厳格な親鸞主義者であったと思われる。わたしが神社に行っても参拝をしないのは、子供の頃からのその影響である。伊藤和上は、たしか『大乗非仏説論批判』という本を著していて、郷里の我が家にあるはずだ。経典批判から大乗非仏説論に至った富永仲基と対決していたのだ。

観光案内の西円寺の項は、童謡詩人金子みすずの伯母は大日比の前田家に嫁いでおり、たびたび遊びに行きその念仏の影響は大きかっただろう、と書いている。母が、金子みすずと歳がだいぶ離れているのに、みすずのことやその家のことを話していたのは本当だったのだ。度忘れをきっかけに、金子みすずの詩に仏教的な思想が流れている、その一要因にまでたどり着いた。そして、郷里や家族を通してわたしの中にもその流れがあることに思い至る。一方で理性的な論理は、大乗非仏説論を指し示す。わたしは、原始仏教経典のブッダのことばに智慧が満ちていると思う。また、富永仲基の知性に感服する。仲基という日本に稀有な天才を媒介として、わたしの夢想は、シナプスの繋ぐニューロンからインターネットを経巡って漂い、一つの環を閉じた。

六月二十七日　蟷螂の子を南天に解き放つ

梅雨旱天から数多赤とんぼ

音信が旱潤す一しずく

六月二十九日　六月の田をゆるやかに白日傘

七月二日　石上に水注ぐ雨や梅実る

睡蓮を打つ雨音を聞く金魚

七月三日　雨に濡れて梔子の花切り落とす

七月四日　人送る夕べや白き夏の菊

七月十三日　野鳩鳴く、くぐもる声で雨の歌

雨安居に赤子と会話交わす日々

七月十四日　精神を転じて気づく蝉の閧

七月十六日　睡蓮の讃歌する朝梅雨明ける

七月二十一日　炎天に溶けて回らぬ観覧車

太閤の利発さ思い目の前の右往左往をひややかに見る

夏の月仰ぎ無言の願い抱く

七月二十三日　語らうに孫かき抱く夏の宵

七月二十五日　炎天下赤い郵便集配車熱い冷たい手紙を運ぶ

七月二十六日　ラグビーのゴール人待つ油照り

蝉囃す人の世行方定まらず

片蔭を帽子目深に修行僧

七月二十八日　夏の夢異邦の町の坂上がる

青芝のかなた尖塔夏かすむ

七月三十一日　自らを世界にあずけ安らかに眠る嬰児の笑顔に見入る

八月一日　稲光り花火と競う都市遠く

百連の花火の後のしじま見る

八月二日　太閤の末期のように独裁者人を巻き込み迷走やめず　（狂歌）

八月六日　腰降ろし芝刈る汗に海の風

八月十六日　夏の果て熱にかげろう山を見る

八月十八日　「世はなべて……」残暑見舞いに返事書く

賢人が嘆いた同じ世は秋へ

田園に露踏む人の詩に習う

八月十九日　仰ぎ見る灰青色の海に月雲を流して秋運ぶ風　（十五夜）

事一つ成って秋へと進む時

八月二十日　秋風に止観の時を告げる鐘

朝、ヨーアヒムの死のところを読む。

八月二十二日　めくるめく小説を読む人生のために人生味わいながら

人生の舞台で出会う群像の人と距離とを測る眼を得る

八月二十三日

「秋水泡語」

ようよう秋色を湛えはじめた谷川の、

水を見つめて樵夫が一人言うよう、

ワキ「赤子が手足をしきりに動かして、

語りかけようとする顔の何とけなげな、

口元にかすかな微笑を含んで、

天井を見るものめずらしげなこと、
寝顔の閉じた眼と口の線は、
仏教壁画の童子のような……」
どこからともなくしわがれた声で、
シテ「そのように見えるのも、多くの作家が
透徹して描いてみせたように、
愛着からくるひいき目にすぎんよ」
ワキ「ええ、そうですね。
しかしここに人生の味わいがあるのです。
どこかもっと違うところに深い意味を探すのは
たぶん空しい所行です」
シテ「君も孫を持つ歳になって、少しは
智慧がついたようだ。
愚者はそういう虚しいことで、
時を満たそうとする。しかし……」
ワキ「しかしそれは無でしょうか。
優れた作家達の描いた充実した時は、
空しい微小な時の集まりと違うものでしょうか」

シテ「うーん、しかし……」
あたりには秋の水の音だけが続いていた。

九月三日
東西の台風力競い合う

九月五日
亡き友も出る夢を見て目覚めればその粗筋も闇に消え去る

九月七日
モンテスキューの智慧置き去りに総選挙せめて批判の一票投ず

九月十日
陶詩読む機中の夢に浮かぶ菊
抗しつつ一つの人生受け入れる詩の味わいを知る歳となる

九月十一日
パルテノン破風を見上げて乾く喉
サラミス島かすみ夏草枯れる丘
まだ夏の陽射し女神が並び立つ

オデュッセイの海を一飛び夏の果て

九月十三日

小アジア臨む浜辺で水すくう

エウロペが肌干す島の昼下がり

九月十四日

英雄の征途の海に乾く島

聖人の島へいざなう飛ぶイルカ

聖人が籠もった堂で涼をとる

紺碧の海に白帆が立つ入り江

九月十五日

多人種で夜半に及ぶバンケット音曲高く月明らかに

トルコ風衣装で踊るギリシア人長い歴史を想起させる夜

九月十六日

ミニトレイン、アスクレピオンへの坂上るエーゲの青き海を見下ろし

秋来を告げて夕立コスの島

九月十七日

時知るかオリーブの上飛ぶ鳩はギリシア・ローマのアゴラを見つめ

半壊の像の背後の丘の上アクロポリスに夕暮れ迫る

数々の陶器が語る人間は祖先の生を再び生きる

ドーリアの柱の列に射す夕陽蔭の一つのベンチにかける

新しい列柱の中並ぶ像頭を欠いてさまよう夢よ

守護神の社殿も時に抗しえず

九月十九日

朝食を取りつつ眺めパルテノン神殿の影脳裏に刻む

バイロンの胸像展示する部屋でギリシアの長い歴史を偲ぶ
　三千五百年の歴史をめぐって感興は尽きない。

――

名月を昨日アテネで今日ここで

九月三十日　急ぐ世に古人に学ぶ九月尽

十月四日　田が二枚すでに刈られる、老い検査　（採血検査）

十月六日　コスモスは花保ちつつ夜気の中

十月九日　時の鎌に追いたてられて秋の道

十月十一日　重陽の空に神舟人乗せる

十月十二日　藁を焼く煙に移りゆく季節

秋桜とりどりの色従兄逝く

十月十三日

「独裁者殺せ」と落首、大学と名乗る組織で抑圧進む

ファシズムの狂気の中で一休の狂気を偲び精神保つ

十月十五日

急がずにすむ道急ぎ花野行く

秋バラのとげに刺された指さする

コスモスを蔵して光るすすき原

秋の陽に時とまどろみ川行かず

十月十七日

少年が踵光らす秋の暮れ

円満に月と語らう日を求め疲労を運ぶ秋の夕暮れ

十月二十日

清気満つわだちで落ち葉踏む朝

干し花のかそけき秋の昼下がり

老いの眼に秋寂の灯が六つ七つ

言葉なく念じ趺坐する身に夜寒

十月二十二日

五百人強制されて「講演」へ落語の「寝床」再現する愚

プラタナス一葉落ちるエウロペの自由の海辺遠く離れて

十月二十四日

残月にムベの実一つ捧げる木

大き鶏広い苅田の籠の中

「澄明秋天仰残月」

種というものはそれぞれ独自の生を生き、

それぞれ異なった死に方をするものだ。
月を仰ぐ種族もまた、それぞれ困難な生を生き、
人とはちがう死に方をするものだ。
人の族の在りようを突き抜けた種になろうとするから、
死に方も自覚的なものなのだ。

月を仰ぐ種族は一つの個体が一つの種だ、
個体ごとの生と死がある、
その死と、まして生は同じでありようがない。
ただその型に、いわゆる精神に、
それと見分けられる筋目が貫いているだけだ。
彼らを月を仰ぐ種族とするのは、
同じもののない木目や玉の理の美しさだ。

十月三十日

コスモスの中のコスモス孫と在る

十一月一日

充血した眼で秋風を凝視する

内閣の改造映すテレヴィジョンはやり目もらい涙にうるむ

十一月二日

眼を病んで眼を閉じて待つ開明を

十一月九日

先日採血で貧血を起こして中断された胃検診を受けに行った。胃、大腸も、前立腺、肝炎その他の血中物質の検査も異常なし。その後○○医師が、このあいだのこともあって、「脳のＣＴ検査をしてみませんか、五千円かかりますが」と勧めた。そこでＣＴ検査をしてもらったら予想外の事態となった。皮肉な成り行きを娘と孫にメールで伝えた。

「胃の検診に行って脳の腫瘍を見つけてもらったよ……」

頭蓋骨の中に腫瘍を抱えているというのは気持ちのよいものではないが、生き物が生きるということはこのような現象だ。わたしが生き物であるということを、ＣＴスキャンの写真映像を見ながら実感した。脳にそれと分からないざわめきがあり、血液がそのゆらめきを含んでいるように、しかしいつも通り巡る。人はいつも今の生きかたを試される。

髄膜腫白い小さな鏡置きわたしの脳に観照命ず

人生の切断の時近づくと明らかに知る還暦の秋

無情物紅葉の山は色を織る

十一月十一日
行く時や時雨に濡れる百舌鳴かず
眺望し孤高を守り黙す百舌

十一月十二日
南山の錦を仰ぎ花起こす
行く秋や禿頭叩き耳澄ます

十一月十五日
星一つ従え月の冬支度

十一月十六日
柿赤し冬の時代に冬巡る

「共鳴」
東の空がわたしを照らす
印のある者に呼びかける

十一月十八日

時雨を諭して雲間を開き
円かな光にわたしを浸す
無音の諧調が創り出され
光のきざはしを昇り行く

□大病院へＭＲＩ装置による検査を受けに行く。初めて狭い中に入るのだが、目をつぶっていたら三十分足らずの時間はすぐに過ぎた。

対称面に垂直な水平面と鉛直平面の二断面の何枚もの映像を見ながら説明を受ける。放射線科からの特別新しい指摘はなかったらしい。二断面の写真は、腫瘍が上下方向にも同じぐらい広がって凸凹な球状であることを示している。ＭＲＩ写真もＣＴ写真が頭蓋骨と同じ明度で石灰化傾向を教えた大きさとあまり違いはない。３㎝ぐらいだ。素人目には、外側への浸潤は強くないように見える。＊＊教授は、鉛直断面図で内側に一部浸潤があるかもしれないと言っている。腫瘍の上側に大きな血管が写っている。＊＊教授の診断は、――髄膜腫だろう、それは良性である、六十歳という年齢でどういう対応をするかはむつかしい。頭頂部なら切除するところだ。生活の質をどう考えるか、不安に思うかそうでないか、結局患者の考え方の問題である。対応はもう少しようすを見てからにしてはどうか――というようなことだ。わたしもその助言に従うことにした。時間のとりやすい来年三月末に予約をした。

源頼朝はさいづち頭であったというが、わたしの頭蓋骨も上から見て後頭部が広がり、正面から上下に見ても耳の上から外側へ広がっている。そのことは触って分かることだが、重大なことを告げられながら、目の前の何枚ものそれらの写真を眺めていた。

わが脳を核磁気共鳴智慧試す
揺すられて桜紅葉の散る葉見る
髄膜腫抱いて幾冬越え行くか

十一月二十一日　わたくしを容れて輝く小春の日

十一月二十二日　ひこばえが冬に抗して若緑

十一月二十三日　夜、『本』連載の「『眼蔵』をよむ」第三十一回、宮川法師の「佛性巻」読解を読む。「……種子および花果、ともに条々の赤心なりと参究すべし、……内外の論にあらず、古今の時に不空なり……。根茎枝葉、みな同生し同死し、同悉有なる佛性なるべし」

十二月一日

百の歳、腫瘍持つ身のこの小春

「条々の赤心」、熟す柿を喰う

はやぶさが三億kmの彼方から音信寄せて気宇を広げる

「はやぶさの使い」

隼よ、ここは
天の河銀河の
太陽系第三惑星
わたしたちが地球と呼ぶところだ。

君は、この
自らは光らない
それゆえに生命を宿すことのできる
小さな星に生まれたのだ。
これらのものすべてを含む
世界というものを見るために

君はここに来たのだ。

十二月六日

冬茶事へ妻送り出し食う朝餉

しぐれる朝後ろに迫る救急車

十二月七日

山茶花に予感授かり門を出る

大雪に葛藤の葉はまだ茂る

十二月十一日

添える語を探す賀状という儀礼

賀状書く手を止めて見る北の海

玄海へ櫨の葉と入る冬の水

十二月十三日

年年《としどし》を巡るしかけへ坂下る

雲覆う天蓋の下寒気満つ丘に佇む天と地と人

十二月十四日　大根をおろす今年も尽きる頃

海鼠食う類人猿の裔の者

十二月十六日　南山が薄雪冠り西山が薄雪冠る

十二月十七日　しくじりにはらわた煮える大寒波

十二月十八日　一筋の鎖にまとい立つつらら

禿頭の身で薄氷を踏んでみる　（子供のように）

繁華街女法師の立つ師走

十二月二十二日　失われた時が夢見に冬至の夜

「われわれは夢と同じものでできている。

そしてわれわれの短い一生は、
眠りとともにおわる」……W・シェイクスピア

十二月二十八日

「仕事納めの日に」

足早な演技者好む世にあって納め得ぬまま仕事に励む

『デカメロン』読む間をつくる今日もまた三万日の物語編む

十二月三十一日

波音に午睡から覚め海蝶は渚を高く沙鴎に変化《へんげ》

あれこれの首尾と不首尾と年が行く

おおつごもり一団の鳶遠望す

『言志四録』　佐藤一斎

志気は鋭ならんことを欲し、
操履は端ならんことを欲し、
品望は高ならんことを欲し、
識量は豁ならんことを欲し、
造詣は深ならんことを欲し、
見解は実ならんことを欲す。

海水を器に斟み、
器水を海に翻せば、
死生は直ちに眼前に在り。

陸象山

「六経は皆我れの注脚、
六経は我れを注し、
我れは六経を注す」

二〇〇六年　正月
徐山亭　謹製

奥　書

思い立って一冊本に編纂するために、閑暇を探しあぐねながら眼光の弱った眼でパーソナル・コンピュータと向かい合った。主観的な思い入れに阻まれてなお拙いものを残しているが、早春も過ぎ去ろうとしているから、作業を終えることにする。

どのような書物であれ、いったん作者の手を離れたものは一人旅立つのである。少しの間でも持ちこたえうるほど品質を含んでいることを願いながら送り出すことにしよう。

二〇〇六年三月

合冊にする前の詠み人の名、市井一人

谷川　修（たにがわ・おさむ）
1945年，山口県長門市仙崎に生まれる。
福岡市在住。

雑詠日記《ざつえいにっき》　秋水泡語《しゅうすいほうご》

■

2006年10月30日　第１刷発行

■

著者　谷川　修
発行者　西　俊明
発行所　有限会社海鳥社
〒810-0074 福岡市中央区大手門３丁目６番13号
電話 092(771)0132　FAX 092(771)2546
http://www.kaichosha-f.co.jp
印刷　大村印刷株式会社
製本　篠原製本株式会社
ISBN4-87415-600-2
[定価は表紙カバーに表示]